E-Z DICKENS SUPERKANGELANE KOLMAS RAAMAT:

PUNANE ROOM

Cathy McGough

Stratford Living Publishing

Sisukord

Neile, kes usuvad...

„Kangelane on tavaline inimene, kes leiab jõudu püsima jääda ja vastu pidada, hoolimata ülekaalukatest takistustest."

Christopher Reeve

PROLOOGI

Kaks aastat oli möödas ja oli esimene detsember, E-Z viieteistkümnes sünnipäev. Kuigi väljas oli külm ja lumehelbed lörtsisid ümberringi, oli ta koos oma pere ja sõpradega kindel, et ta peab oma pidu õues, kus neil oli soojendamiseks jaanituli ja grill.

Nüüd, kui Samantha ja Sam olid abiellunud, oli Dickensi majapidamises veelgi rohkem tööd. Kun sõbrad käisid külas, ei olnud kunagi igav hetk.

Sami ja Samantha pulm oli olnud väike tseremoonia, mis toimus perekonnaseisuametis. Lia oli olnud pruutneitsi, E-Z oli kosjaseltsimees ja Alfred, trompetijõgi, oli sõrmikukandja.

Lia oli Alfredi üle nalja teinud, sest ta oli riietatud mereväe-sinise kikilipsuga ja muuga mitte millegi muuga. Alfred ei olnud sellest tähelepanust häiritud, sest ta teadis, et on heas seltskonnas, näiteks endiste Briti peaministritega.

„Kui suur Winston Churchill arvas, et kikilips on tema jaoks piisavalt hea, siis on see ka minu jaoks piisavalt hea!" ütles Alfred.

„Ta suitsetas ka suurt, rasvase sigarit!" E-Z ütles. „Ma loodan väga, et sa ei hakka ka sellist suitsetama."

Lia ohkas.

„Steigid on valmis!" Sam hüüdis. „Kui sulle meeldivad need toorelt, siis tule kohe järele."

Ainult Samantha tuli ette, taldrik valmis. „Sinu poeg ihkab täna toorest," ütles ta oma kõhtu patsutades.

„Mida mu poeg tahab, seda ta ka saab," ütles Sam ja tõstis prae oma naise taldrikule. Ta torkas keskele, kui abikaasa lisas selle kõrvale küpsetatud kartuli ja mõned sparglitükid.

Samantha näris sparglit, kui ta suundus piknikulauda. Ta oli E-Zi sünnipäeva täpselt planeerinud ja veetis palju aega, et kaunistada laud ise Happy Birthday-teemaliste esemetega. Ta istus maha ja lõikas oma küpsetatud kartuli pooleks, siis lisas hapukoort, murulauku, võid ja paar lonksu soola.

E-Z, Lia, Alfred, PJ ja Arden jäid paigale, sest lõkkeplatsi lähedal oli enamasti soojem. Onu Samile ei meeldinud, et inimesed tiirutasid ringi, kui ta grillimasinaga tegeles, nii et nad jäid talle mitte silma.

Pealegi meeldis neile kõigile hästi tehtud panipaik ja see andis neile ka võimaluse omaette vestelda ja juttu ajada.

„Mida te arvate meie superkangelaste veebilehest?“ E-Z küsis.

PJ ja Arden vaatasid teineteisele otsa ja kehitasid siis õlgu.

„Tule,“ ütles E-Z. „Mida te tegelikult sellest arvate? Ma tean, et te olete veebilehte vaadanud, sest onu Sam aitas mul andmeid vaadata. Mul polnud aimugi, et me saame teada nii palju teavet, näiteks kes meie saiti külastavad, kui kaua nad seal viibivad, mida nad vaatavad. Ja ma tundsin ära teie IP-aadressid. Niisiis, öelge mulle, mida te sellest arvate?“

„Kogu tõde? Ilma igasuguste piiranguteta?“ PJ uuris.

„Jõhker tõde?“ Arden lisas.

„Jah,“ meelitas E-Z. Ta langetas hääle sosinaks. „Onu Sam tegi suurepärast tööd. Siiski ei ole me suunatud õigele publikule, sest me ei saa peaaegu üldse liiklust. Peale teie kahe ja Prantsusmaal asuva IP-aadressi ei ole meil peaaegu ühtegi tabamust olnud.

„Mõned inimesed, nagu teiegi, on paar korda tagasi tulnud ja saidiga tutvunud, kuid nad ei jää kauaks. Onu Sam soovitas, et me võiksime ehk alustada uudiskirja, panna inimesi registreeruma ja saata neile uuendusi, aga ma ei tea. Kõik teevad tänapäeval uudiskirju ja see tundub olevat palju tööd. Onu Sam näitas mulle, et ta on registreerunud umbes viiekümnele!

„Mis puutub abitaotlustesse - mis on kogu põhjus, miks me veebilehe käivitasime -, siis seni on meilt palutud vaid selliseid asju, millega tegelevad kohalikud ametnikud nagu politsei ja tuletõrje. Mulle ei meeldi mõte, et me tormame puu otsas olevat kassi päästma ja tuletõrjeüksus ilmub täies varustuses kohale, et sama tööd teha. See on ebaefektiivne nii nende kui ka meie jaoks. Ja see on piinlik, kui nad ilmuvad kohale just siis, kui me oleme lõpetamas. Nende aeg on väärtuslik - nad päästavad iga päev elusid. See tundub lugupidamatus, kui te mõistate, mida ma mõtlen? Nad päästavad elusid ja on ööpäevaringselt valves.

„Ma arvan, et me peame taotlused olema nende valdkonnast väljas, nii et me ei raiska nende aega ega tee nende tööd raskemaks, kui see juba on. Vabandust, et nii pikalt räägin, aga kui ma mõtlen kõigele, mida nad tegid, pärast õnnetust minu vanematega..."

PJ ja Arden kummardusid lähedale ja sosistasid. Nad ei tahtnud haavata Sami tundeid - nad polnud ju eksperdid - ega võtta riski, et ta kuulab neid üle ja põletab nende praed krõbedaks.

„Uh, me saame täiesti aru, mida sa silmas pead," ütles PJ. „Pealegi on politsei ja tuletõrjujad hädavajalikud teenused ja neile makstakse inimeste päästmise eest. Teie aga olete vabatahtlikud."

„Niisiis, nende veebileht ja nende esinemine sotsiaalmeedias on teistsugune, kui teie peaks olema," ütles Arden. „Ja neil on palju töötajaid, paljudel tasanditel, et kõike hooldada ja ajakohastada."

„Samas kui teie sait, vajab midagi rohkem superkangelaslikku - kui see on üldse sõna - ja vähem korporatiivset. Nagu legendid, need, kelle jälgedes sa käid. Vaadake mõnda nende jaoks loodud veebilehte - ja need on väljamõeldud tegelased. Kujutage ette, mida me saaksime teha, kui järgiksime nende eeskuju," ütles Arden.

„Nagu mida? Ma tean, et teil on mõned ideed, jagage neid," ütles E-Z.

„Noh, nagu te ehk aru saite, tegime meie kahe vahel ajurünnaku. Ja me panime kokku lavastusliku veebilehe - see ei ole veel elus ja ei saa seda enne, kui te selle heaks kiidate -, milline võiks teie veebileht olla. See on minu telefonis. Vaadake ja vaadake, mida me mõtleme ja mõelge võimaluste üle, sest see tehti meie poolt üsna kiiresti." PJ lükkas käima. Kolmik kummardus.

Ekraanile ilmusid kõigepealt sõnad: „Tere tulemast *Kolme* superkangelase veebilehele ." Siis suurendas see E-Z-i animeeritud kujul. Ta istus ratastoolis, nagu arvata võis, seljas must t-särk, sinised teksad ja jooksukingad.

E-Z patsutas oma juukseid, kui nägi, kui pudelipunane nägi välja tema blondide juuste keskel olev must triip. Ta ei suutnud sellega kunagi harjuda.

„Mis see on, minu särgil, teksadel ja kingadel? Kas see on, logo? Ja kuidas sa minust karikatuuri tegid?"

„Jah, see on logo. Me arvasime, et inglitiib on lahe ja sobiv," ütles Arden.

„Me kasutasime rakendust. et sind karikatuuriks teha," ütles PJ. „Me tegime natuke redigeerimist, sinu käte peal. Loodan, et me ei läinud üle piiri."

E-Z's vaatas lähemalt, kui tema animeeritud versioon enda käed ristas. Nüüd pälvisid tema üsna kobedamad küünarvarsid tähelepanu ja ta põsed punastasid. Ta nägi välja nagu pontsakas, poseerija. Kas tema sõbrad tõesti arvasid, et ta näeb niimoodi parem välja? Ta ohkas, kui E-Z ekraanile ilmus tiibadega. Ta hõljus õhus ja osutas.

See oli Lia esimene tutvustus. Ta saabus samuti animeeritud kujul. Lia oli pealaest jalatallani riietatud lillasse kombinesooni koos tutiga. Tema blondid juuksed olid tihedalt patsisabasse üles pandud ja silmade kohal olid lillad päikeseprillid. Ta nägi üle ekraani kõndides välja särtsakas, sõbralik ja armas. Ta pöördus ja peatus nagu modell jooksuraja ääres ning poseeris.

E-Z irvitas; ta ei suutnud end tagasi hoida.

„Noh, vähemalt ma ei näe välja nagu võltslihastega poseerija!" ütles ta.

E-Z ei kommenteerinud.

Animeeritud Lia sirutas käed ettepoole, peopesad suunaga maale. Siis, voila, keeras ta need ümber. Vasakpoolne silm tema peopesas avanes, millele järgnes parem. Sünkrooniliselt vilgusid nad. Lia hoidis oma poosi, siis vilistas läbi sõrmede.

„Tahaksin tõesti seda teha!" ütles ta, püüdes imiteerida enda animeeritud versiooni.

E-Z vilistas.

„Näita ennast," ütles ta, küünarnukiga talle järele andes.

Nüüd tuli ekraanile Little Dorrit. Ta oli elegantne ja naiselik ja valge nagu lumi. Ükssarvik lendas Lia juurde, maandus ja langetas pea, et väike tüdruk saaks teda silitada. Lia hüppas peale ja Väike Dorrit lendas E-Z kõrvale. Nad hõljusid, siis pöörasid pead.

See oli Alfredi märguanne. Karikatuuri kujul näis tema ereoranž nokk valguses säravat. See oli otseses kontrastis tema kommipunase kikilipsuga. Kui ta Lia ja E-Z poole kõndis, vajutasid tema võrkjad jalad nagu iminapad.

„Minu jalad ei tee sellist häält!" ütles Alfred.

„Uh, teevad nad ka," ütles E-Z irvitades, kui Alfred ekraanil oma tiivad laiali ajas ja kahe kaaslase poole lendas.

Kolmik poseeris. E-Z oli keskel silmitsi Lia vasakul, Alfred paremal. Siis juhtus see. *Kolmik* - noh, Lia ja E-Z tõstsid pöidlad üles. Alfred tegi omalt poolt tiibu ülespoole suunatud žesti.

„See on piinlik," sosistas E-Z Alfredile.

„Ei nalja!"

„Shhhh,“ ütles Lia, kui ekraanil häälitsus sisse lülitus. See oli Ardeni hääl, kuid tema toon oli madalam. Ta kõlas nagu mängusaatejuht.

„Kui teil on vaja superkangelast... E-Z, Lia ja Alfred - tuntud ka kui *Kolmik* - on teie teenistuses kakskümmend neli tundi ööpäevas, seitse päeva nädalas. Helistage ***-***-**** või saatke sõnum sotsiaalmeedia kaudu.

Kui vajate kellegi abi... Helistage *Kolmele*. Nad on teie jaoks olemas... kohe. Võite neile loota... sest nad on parimad, keda te näete. Kakskümmend neli tundi päevas, seitse päeva nädalas... rahulolu on garanteeritud.“

„Ja nüüd suur finiš,“ ütles Arden.

Kolmik pani käed rindu kokku. Alfred pani oma tiivad kokku.

„Uh, see ei ole võimalik,“ ütles Alfred.

„Shhhh,“ ütles Lia.

Kumbki oma lõuad ettepoole lükanud *Kolmik* võttis poosi.

PJ vajutas pausi.

„Võttes arvesse seda, mida sa ütlesid jurisdiktsiooni kohta, peame võib-olla seda osa muutma,“ ütles ta. Ta vajutas start.

„Ükski töö ei ole meie jaoks liiga suur ega väike!"
E-Z hääle arvutiversioon ütles.

Siis läks ring ekraani keskel ringi, nagu wi-fi, mis üritab signaali leida. Nüüd täitis ekraani sõna BAM! Siis sõna SOCKO!

Nad vaatasid, kuidas E-Z päästis kassi, kes oli kõrgel puu otsas kinni.

„Oh vend," ütles ta.

Tema animeeritud tegelaskuju hääl jätkus.

„Me oleme Kolm

Me oleme sinu jaoks siin!

Puusse kinni jäänud kass...

Me võtame ta sinu eest maha!"

E-Z-d näidati päästetud kassi perele üle andmas.

„Uh, seda ei ole kunagi juhtunud," ütles ta.

„Me, äh, võtsime natuke poeetilist vabadust," tunnistas Arden.

„Me võime parandada kõike, mis teile ei meeldi," ütles PJ.

Nüüd ilmus ekraanile taas ring, mis käis ringi. Kui see peatus, täitus ekraanil sõna BANG! Sellele järgnes sõna ZIP!

Ekraanil animeeritud E-Z päästis lennukit täis reisijaid. Kui ta lennuki maha laskis, aplodeerisid sajad ootavad vaatlejad lennuraja ääres.

„See on nüüd juba parem," ütles ta.

„Shhh," ütles Lia.

Ekraanil ütles E-Z,

„Sest me oleme sinu sõbrad!

Meie teenused on tasuta.

24/7

Sest me oleme *Kolmikud*!"

Jällegi ringiratast, mis käib ringi. Järgneb BINGO! Ja BAM!

Nüüd taasloositi rulluisupäästmine animeeritud kujul. See oli väga hea. Nii täpne, et võis tunda kommivärvi ja karamellkruusi lõhna.

„Oh!" E-Z ütles.

Lia aplodeeris.

Alfred raputas kaela küljelt küljele, nagu oleks teda hiljuti väga jaheda veega pritsinud.

„Mulle meeldib!" Lia ütles. „Ja aitäh, et sa mu lemmikvärvi kaasa võtsid. Kuidas sa seda teadsid?"

„Ma märkasin, et sa kannad seda tihti," ütles PJ. Tema põsed punastasid. „Mul on nii hea meel, et see sulle meeldib."

„Mis sa arvad, E-Z?" Arden küsis.

Alfred heitis pilgu E-Z suunas.

„See oli," ütles E-Z, "uh... hea pingutus."

„Õhtusöök on valmis, tulge ja võtke!" Sam hüüdis.

„Las sünnipäevalaps läheb esimesena," ütles Samantha.

E-Z suundus koos Alfrediga üle õue.

„Räägime täiuslikust ajastusest," ütles ta.

„Jah, need kaks on ikka ploomid," vastas Alfred.

„Aga nende südamed on õiges kohas. See on nutikas mõte, ainult meie jaoks veidi üle jõu käiv."

„Natuke?" Alfred kriiskas.

„Okei, palju, aga nad andsid sellele küll hoogu juurde. Me võime hoida, mis meile meeldib, ja vabaneda ülejäänust."

Kui nad kõik olid oma toidu kätte saanud, istusid nad piknikulaua taha ja sõid. Taevas muutus ja heledad täitsid taeva nende ümber. Nad sõid end täis, siis tõi Samantha välja oma küpsetatud sünnipäevakoogi ja kõik laulsid „Palju õnne!".

„Kõne! Kõne!" Arden käratas ja peagi ühinesid kõik.

E-Z mõtles paar sekundit.

„Aitäh, et mu viieteistkümnendat sünnipäeva eriliseks tegid. Ma tahaksin korraks meenutada oma ema ja isa ning jagada teiega üht sünnipäevamälestust. Kui see sobib? Ma luban, et ma ei hakka soppama."

Kõik noogutasid.

Samantha, kes alates rasedusest oli alati soppis. Olgu see siis õnnelik või istus pisarad, pühkis ühe ära, enne kui ta isegi alustas. „Ma olen okei," ütles ta, kui Sam oma käe tema ümber pani.

„See oli minu viiendal sünnipäeval. Ma ei tahtnud pidu ja palusin selle asemel minna filmi vaatama. Selle asemel, et vaadata ajalehes, et teada saada, mis toimub, otsustasime lihtsalt üles kiigata ja kohapeal otsustada, mida vaatame. Kas või nad ütlesid, et ma võin valida, sest ma olin sünnipäevalaps."

Ta sulges korraks silmad.

Ta oli kohe tagasi teatris. Seal oli ema, kogu parka sisse mässituna. Tal olid kõrvaklapid peas ja ta hõõrus käsi kokku, nagu ta alati tegi. Ema kandis alati kindaid ja kurtis, et tema sõrmed külmetavad.

Isal oli põlve pikkune sinine mantel üle teksade. Talle ei meeldinud linnas mütsi kanda, sest see segas tema juukseid. Tema käed olid kinnasteta. Torgatud mantli taskusse koos võtmetega.

E-Z nuusutas õhku. Ta tundis teatri sees võiga popkornilõhna, mis ootas, et nad sisse läheksid ja seda telliksid.

Nad vaatasid plakateid.

„Mis sellest on?" küsis ema.

„Ei, E-Z eelistab seda?" ütles isa.

Ta avas taas silmad.

Selle asemel, et olla oma pere ja sõpradega tagahoovis, oli ta tagasi silohoones - jälle. Ta polnud sinna tagasi olnud pärast seda, kui peainglid oma kokkuleppest taganesid.

„Palju õnne sünnipäevaks!" hüüdis hääl seinas.

Tema kõrval asuvas seinas avanes paneel ja sealt paiskus välja tassikook. Selle peal oli kirjas: „Palju õnne sünnipäevaks, E-Z." Keskel oli üks küünal juba süüdatud.

„Naudi!" ütles hääl, langetades noa ja kahvli tema kõrval olevale lauale.

„Uh, aitäh," ütles ta. „Miks ma siin olen?"

„Ooteaeg on neli minutit," ütles tüütu hääl. „Palun jääge istuma."

Nagu oleks tal mingit valikut olnud.

PEATÜKK 1
SÜNNIPÄEV KATKESTATUD

E-Z ei puudutanud enda ees istuvat kooki, kuigi see nägi välja ja lõhnas hästi. Ta mõtles, mis toimub tema peol. Vähemalt teadis ta, et kooki ei saa lõigata enne, kui ta küünlad ära puhub ja soovi avaldab. Mingi sünnipäevapidu kodus, kui teda seal isegi ei olnud!

„Tooge mind siit välja!" hüüdis ta. „Ma jätan omaenda viieteistkümnenda sünnipäevapeo vahele ja ma olin just jutuajamises."

Silo katus haigutas lahti ja Eriel lendas tema poole nagu välk tormi ajal.

„Tore sind jälle näha, endine protegend," ütles ta.

„See tunne ei ole vastastikune. Miks ma siin olen? Ma arvasin, et olen teiega lõpetanud ja täna on mu sünnipäev - ma pean tagasi minema."

„Jah, ma vabandan ajastamise pärast - aga me ei saanud lasta su sünnipäeval mööda minna, ilma et me vähemalt ei sooviks sulle head sünnipäeva."

„Uh, aitäh, ma arvan."

„Ja kui sa juba siin oled, miks sa ei saa osa oma sünnipäevakoogist? Ja ärge unustage soovida - te vajate kogu abi, mida saate!" ütles peaingel kähku.

E-Z kõrval avanes aken ja sealt tuli välja mehaaniline käsi, mis kandis süüdatud tikku. See süütas küünla, siis taganes ta nii kiiresti tagasi seina sisse, et tikk jäi ise süttimata. e-Z vaatas põlevat küünalt. Ta mõtles, mida see viimane märkus tähendas, kuid arvas, et Eriel ajab teda närvi. Tema aju läks tühjaks. Talle ei tulnud pähe ühtegi asja, mida ta soovida võiks. Muidu oli ta tagasi kodus oma sõprade ja perega, kus ta tähistas oma sünnipäeva. Kui ta küünla ära puhus, puhkes Eriel laulma. See oli reipas laulmine: „Sest ta on rõõmsameelne mees, mida keegi ei saa eitada."

„Pole solvang,„ ütles E-Z, ,aga sa peaksid laulma 'Palju õnne sünnipäevaks"."

„See on mõte, mis loeb," ütles Eriel. „Nüüd, kui me oleme lõpetanud teie külaskäigu sünnipäevalõigu, tahaksime teada, kas te olete mõistatuse juba lahendanud?"

„Mõistatuse? Millise mõistatuse?"

„Jah, me soovitasime, et te püüaksite luua seoseid - oma varasemates katsetes. Mäletate, kui me ütlesime, et me ei taha teid lusikaga sööta? Kas teil õnnestus seda teha?"

„Oh, see ei tundunud mulle prioriteet või mõistatus, mida lahendada, eriti pärast seda, kui te oma pakkumisest taganesite. Aga jah, ma kirjutasin oma märkmikusse, tegin arvestust asjadest, mida me seni oleme saavutanud, ja ma märkasin küll paar seost mängimisega, aga need olid puhtalt juhuslikud."

„Juhuslik! Kindlasti mitte. Juhtumid on omavahel seotud - seda võib igaüks näha!" Eriel ütles, hoides oma häält madalal, et mitte kaotada tuju.

„Äh, vabandust, aga kokkusattumusi juhtub kogu aeg. Kas sa tead, kui paljud lapsed mängivad arvutimänge? Ma otsisin internetist. Alates 2011. aastast öeldi, et üheksakümmend üks protsenti kahe- kuni seitsmeteistkümneaastastest lastest mängib iga päev. See on umbes kuuskümmend neli miljonit last kogu maailmas."

„Ah, nii et sa oled selle nulliks teinud. See on hea. Midagi muud, mida sa selle kohta välja selgitasid? Või mingeid muresid, mis teil võiks olla? Mingi põhjus, miks te peaksite rohkem uurima - uurimine on hea. Algatus on väga, väga, hea."

„Ei. Ma olen üsna hõivatud, muude asjadega - kool ja muu. Pealegi, kui sa tahad, et ma sellega edasi tegeleksin - kõigepealt pead sa mind veenma, et see on midagi enamat kui juhus. Ma vaatasin veel paar statistikat. Näiteks on rohkem tüdrukute mängijaid kui kunagi varem. Paljud on loonud YouTube'is ettevõtteid ja teenivad elatist. Muidugi mitte lapsed, aga statistika järgi, mida ma netist lugesin, on alates 2019. aastast neljakümne kuue protsendi mängijatest tüdrukud."

Eriel koputas oma pika ja kondise sõrmega lõuale, nagu mõtiskleks ta selle üle, mida E-Z oli talle rääkinud. „Ah, jälle olen muljetavaldav. Sa ei pea neid statistilisi andmeid murettekitavaks?"

„Äh, ei, ei pea." Ta hingas sügavalt sisse, kaotades kannatust oma sünnipäeva vahelejäämise pärast. „Kas on oluline, et me seda täna teeksime? Kas sa ei saa mind siia tagasi tuua mõni teine kord? Midagi, millest me räägime, ei kõla kriitiliselt."

Eriel lõpetas koputamise ja tema parem kulm tõusis üles. Ta vaatas sünnipäevalapsele otsa.

„Või on?" E-Z uuris.

Eriel ootas, enne kui vastas. Ta keerutas keelt sõnade ümber, nagu oleks tal raskusi nende välja saamisega. Tema tõstis häälekõrgust soprani ja ütles: „An-y-thin-g el-se a-bou-t tho-se t-wo in-ci-de-nts? An-y-thin-g to ca-use a-l-a-rm? Et s-et f-ire un-der you?"

E-Z soovis, et Eriel ütleks asja lahti ja läheks asja juurde. Ta ei tahtnud end häbistada, kui ta ütleks ilmselgeid asju või kui ta eksiks.

„Raphaelil oli õigus, sa oled kuidagi paks."

„Hei!" E-Z karjus. „Kui sa vajad minu abi, siis sa lähed seda väga kummalisel viisil saama." Ta ajas sõrmega läbi koogi glasuuri ja imes sõrme. See maitses hästi, nagu suhkruvatt. „Tapmine. Üks üritas mind tappa ja teine tappis inimesi poes. Mõlemad ütlesid, et nende motiivid olid mänguga seotud."

„Täitsa õigesti," ütles Eriel.

„Ja?"

„Ära pane tähele!" Eriel kadus läbi lae, lauldes: „Paks kui tellis, paks kui tellis, paks kui tellis, paks kui tellis."

E-Z tõstis rusikad õhku. „Tule siia tagasi ja ütle mulle seda näkku!"

Erieli naer kõlas, põrgatades seintelt.

PFFT.

„Uh, aitäh," ütles E-Z, siis leidis ta end tagasi kodus, oma peol. Kõik olid hõivatud, mängisid mänge, tegid oma asju - nagu poleks teda seal üldse olnudki - mida ta ei olnud.

Ta vaatas, kuidas Sam võttis oma järjekorda redelipalli juures. Ta ei olnud selles eriti hea, kuid E-Z läks siiski kohale ja vaatas tema teist katset. Pärast seda, kui ta oli viske lõpetanud, jättes sihtmärgi täielikult vahele, läks ta vennapoja kõrvale.

„Ma näen, et sa töötad ikka veel selle mängu omandamise kallal," ütles E-Z.

„Jah, see on omandatud talent. Kuhu sa muide läksid?"

„Eriel tahtis muuhulgas mulle sünnipäeva õnne soovida."

„Uh, see oli tore. Kas polnud?"

„Noh, sa ju tunned Erieli. Ta ei tee kunagi midagi ilma motiivita. Antud juhul tahtis ta, et ma teeksin ühe mälestuse põhjal ühenduse."

„Mälestus millest? Sinu vanematest? Õnnetusest?":

„Ei, ta tahtis, et ma teeksin seose kahe kohtuprotsessi õhutaja vahel. Mida ma muide tegin. Siis lahkus ta, öeldes, et ma olen paks nagu telliskivi."

„Kui ebaviisakas!" Lia hüüatas. Ta oli kuulanud pealt, sest tal oli palliviskamise mängust rumalalt igav.

„Ja veel sinu sünnipäeval," ütles Alfred. Ta oli veelgi lootusetum kui Sam, sest ta pidi palle nokaga viskama.

„Tahad proovida?" PJ küsis, andes palli E-Z-le, kes paigutas oma tooli ümber sihtmärgi ette ja viskas siis palli. See tabas ülemist astet, keeras paar korda ringi ja maandus preemiaasendis.

„Nii sa teed seda!" ütles Sam.

„PJ ja mina oleme kogu mängu vältel niimoodi visanud," ütles Arden.

„Ah, aga sa ei ole minu vennapoeg," vastas Sam.

Pidu kestis, kuni oli liiga pime, et veel mänge mängida, ja kõik otsustasid, et ei tee kaasa laulda. PJ ja Arden läksid koju, samal ajal kui E-Z ja ülejäänud seltskond läksid magama.

PEATÜKK 2
TROUBLE

Kaks päeva pärast E-Z sünnipäevapidu sattusid PJ ja Arden pisut hätta.

See oli Lia, kellel oli nägemus, et midagi on valesti. Ta meenutas nägemust Alfredile ja E-Z-le: „See oli nagu transis. Ja nad mõlemad istusid oma laua taga, vahtisid tühja arvutiekraani."

„Selles pole midagi ebatavalist," ütles E-Z. „Nad mängivad tihti koos mänge ja võib-olla nad magasid."

„Avatud silmadega?"

„Okei, läheme sinna edasi," ütles E-Z.

„See on keset ööd!" Alfred hüüatas.

„Vaatame ikkagi parem järele."

Kolmik hiilis majast välja, otsustades minna kõigepealt PJ juurde, sest tema oli kõige lähemal.

„Ma ei usu, et tema vanemad nii hilist külaskäiku hindavad," ütles Alfred.

„Nad saavad aru," ütles Lia, kui ta helistas uksekella.

Hetki hiljem viskas ukse lahti väga unine, silmi hõõrudes mees oma pidžaamas - PJ isa.

„Kes see on?" hüüdis ema seestpoolt.

„See on PJ sõbrad," ütles isa. „Kas midagi on valesti?"

„Äh," ütles E-Z. "Vabandust, et häirin teid, aga, me peame tõesti PJ-d nägema. See on hädavajalik."

„Tulge siis parem sisse," ütles PJ isa.

PEATÜKK 3

EARLIER...

PJ ja Arden olid õhtul töötanud superkangelaste veebisaidi**kallal**. Nad olid uuendanud teavet ja lisanud mõned uued elemendid.

Varem, kui abitaotlus tuli, saadeti e-kiri postkasti. Järgmine kord, kui keegi sisse logis, nägid nad seda ja vastasid vastavalt. Uue süsteemiga saaksid E-Z, Arden ja PJ koheselt tekstisõnumeid.

Lisaks sellele saaks palve küsija ajamärgistatud autorepliigi. PJ ja Arden olid kindlad, et see automaatne uuendus suurendaks usaldust ja tooks veebilehele rohkem liiklust.

PJ ja Arden seadistasid ka YouTube'i kanali koos podcastiga. See oli midagi uut, mida nad olid ajurünnaku käigus välja mõelnud. Nad olid põnevil, et sellest E-Z-le rääkida. See oleks suurepärane võimalus suurendada *The Three'i* veebipositsiooni. Samuti lõid nad avatud aruteluks ühenduse foorumi.

Süsteem kategoriseeris ka sissetulevad sõnumid. Näiteks kassi päästmine puu otsast. The Three oli saanud mitu taotlust selle teenuse kohta. Kuna kohalikud ametnikud olid paremini varustatud, et vastata nendele kõnedele, tegid PJ ja Arden sellest sinise koodi.

Sinine kood tähendas, et selleks ajaks, kui E-Z kohale jõudis, oli kass juba päästetud. Sinine kood tähendas, et ta peaks ootama, et näha, kas olukord on lahendatud, enne kui ta välja läheb.

Kollane kood võis tähendada, et keegi unustas oma võtmed või lukustas need autosse. Jällegi, selleks ajaks, kui E-Z kohale jõudis, oli olukord juba lahendatud. Jällegi soovitati oodata ja kontrollida enne väljumist.

Kui E-Z ja tema meeskond liigitasid sinised ja kollased kategooriatesse, said nad keskenduda tähtsamatele kõnedele, st punastele koodidele.

Punane kood oli siis, kui elud või jäsemed olid ohus. Alates veebilehe loomisest oli Kolmik saanud selles kategoorias null päringut.

Rahul olles sellega, kui palju nad olid saavutanud, otsustasid nad veidi auru välja lasta. Nad liitusid mitmikmänguga.

„Kolm tüdrukut," kirjutas PJ Ardenile.

„Me võime neid võtta!" vastas ta.

Mäng algas ja alguses mängis kõik nii, nagu alati. Nad peksid tüdrukuid, tõusid tasandist tasandisse, tappes kõike, mida silmapiiril oli. Siis järsku jäi kõik seisma.

PEATÜKK 4

PJ'S HOUSE

E-Z, Lia, Alfred ja PJ vanemad suundusid koridori kaudu tema tuppa. See, mida nad nägid, oli enamasti selline, nagu Lia oli ette kujutanud. Erinevus oli selles, et arvutiekraan oli endiselt sisse lülitatud. See vilkus ja väreles, samal ajal kui PJ näis magavat.

„Mis tal viga on?" PJ ema uuris. „Ta peaks olema voodis ja magama. Vaadake tema poosi. Ta on ilmselt dehüdreeritud. Ma toon talle klaasi vett."

PJ isa liikus üle toa ja raputas poja õlgu. Ta ootas, et poeg ärkab üles, kuid seda ei juhtunud. Selle asemel libises ta toolil maha ja oleks põrandale kukkunud, kui isa poleks teda kinni püüdnud. Ta kandis oma poja ja pani ta voodisse.

PJ ema tuli tagasi, asetas vee kõrvallauale ja pani siis huuled vastu poja otsaesist. „Palavikku ei ole," ütles ta.

PJ isa tõstis poja parema silmalae üles ja nägi, et ainult silmavalge oli nähtav. „Helistage 911," hüüdis ta.

„Ei, ma arvan, et me peaksime helistama meie perearstile, doktor Flanellile," ütles PJ ema. „Ta on siin varemgi koduvisiidil käinud. Kui on olnud hädaolukord - ja see on kindlasti hädaolukord."

„Proua Handle," ütles E-Z. "Ta saab korda."

„Muidugi saab," vastas naine, kui härra Handle läks toast välja, et helistada doktor Flannelile."

Kui ta tagasi tuli, ootasid nad kõik koos vaikides, vaadates PJ-d, kuidas ta magab. Justkui ootasid nad, et ta hüppab üles ja hakkab hullama. See oleks just tema moodi, et ta üles mängiks. Neid lollitada.

Härra Käepael oli ärevil, hüppas istudes jalaga üles-alla. Ta tõusis püsti, liikus üle toa ja kummardus, et vaadata kõvaketast. Ta tõstis jala üles, nagu oleks tahtnud seda lüüa, kuid viimasel hetkel muutis ta meelt ja tõmbas juhtme pistikupesast välja.

Nad vaatasid, kuidas härra Handle hakkas kogu kehas värisema, kuni ta pistiku maha laskis. Ta pöördus ja kõndis nende poole. Tema selja taga voolas kõvakettast suitsu välja. Sekundeid hiljem pragunes monitori ekraan.

„Haara tulekustuti!" Alfred hüüdis, kuid E-Z oli juba haaranud veeklaasi ja viskas selle kastile. See särises ja liitus ekraaniga mõlemad täiesti surnud.

PJ ema jooksis oma mehe juurde ja aitas tal maha istuda. „Arst võib sind ka vaadata, kui ta saabub," ütles ta. „Sa oled nii õnnelik. Ma ei saa hakkama, kui te kahekesi vigastatud olete."

„Mul on kõik korras," ütles härra Handle.

Aga Kolmele ei paistnud ta hästi välja. Ta oli kahvatu, veidi roheline ja veidi hall.

„Ärge muretsege," ütles härra Handle. „Tänan kiire mõtlemise eest, E-Z." Siis oma naisele: „Hea, et sa seda vett tõid."

„PJ on väga pahane, kui ta näeb, et tema arvuti on rikutud."

„Nojah, nojah," ütles härra Handle. „Ta saab aru."

Ta oli ilmselgelt paremini täis, sest Kolmik märkas, et tema hingamine oli taas normaalne, nagu ka kahvatus.

Kuna kõik tundus olevat korras, mainis E-Z Ardenit. „Kuni te ootate arsti, peame tõesti Ardenit kontrollima. Me arvame, et ta võib olla sarnases seisundis."

„Nad mängivad tihti koos, aga mis kuradi pärast võis seda põhjustada?" Hr Handle uuris.

„Ma ei tea, aga kas te ei pahanda, kui ma lähen ja vaatan Ardeni järele?"

„Mine sa ainult," ütles proua Handle.

„Lia jääb teiega siia," ütles E-Z. „Ta saab meid kursis hoida ja kui te meid vajate, tuleme kohe tagasi."

„Aitäh, E-Z ja Alfred," ütles härra Handle, kui ta neid eskordas välisukse juurde.

PEATÜKK 5

ARDEN'S HOUSE

E-Z ja Alfred suundusid Ardeni juurde. Enne kui nad jõudsid koputada, avas Ardeni isa härra Lester ukse.

„Kuidas sa teadsid?" küsis ta.

E-Z ei suutnud talle tõtt öelda. Selle asemel improviseeris ta vale. „Äh, ma olen Ardeniga kogu elu parimad sõbrad olnud, nii et ma tean omamoodi, kui midagi on valesti. Kas ma võin teda näha?"

„Muidugi, tule tema tuppa," ütles Ardeni ema proua Lester. „Ära ehmata. Ta ainult magab. Hommikuks on tal kõik korras."

Härra Lester võttis oma naise käest kinni ja viis ta koridori, kus Arden magas sügavalt.

„Oh," hüüatas Alfred, kui ta teda nägi. „Ta näeb välja, nagu oleks ta šokis."

„Vaadake tema silmalaugude alla," ütles härra Lester.

E-Z tõmbas oma sõbra silmalaule tagasi. PJ pupill oli nähtav, kuid see oli suurem ja nägi välja, nagu võiks see iga hetk silmakoobast välja plahvatada. Ta sulges silmalae selle üle uuesti.

Alfred huugas. Seda kuulsid Lesterid. Ta ütles: „Mis kuradi pärast seda? Hirm? Või midagi tõsisemat nagu krambid?"

E-Z kehitas õlgu vastamata. Lesterid olid juba niigi piisavalt hirmul ja stressis, lisaks oleks nad ainult arvanud.

„Kust täpselt te ta leidsite?" E-Z küsis.

„Ta istus arvuti ees," ütles proua Lester.

„Kas ekraan oli sisse lülitatud?" küsis ta.

„Jah, oli," ütles härra Lester. „Me helistasime oma perearstile. Ta on praegu hõivatud, teise kõne ajal, aga ta võtab meiega ühendust."

„Nad juba helistasid PJ-le arstile, doktor Flanellile. Las ma helistan Liale ja vaatan, kas ta on juba diagnoosi teinud."

„Need on peaaegu samad," ütles ta.

„Mida sa mõtled, peaaegu?"

Ta keeras end toast välja. Pole vaja Lesterit rohkem muretseda, kui nad niigi olid. Ta sosistas telefoni: „Tema pupillid on veel näha, aga need on suured. Nagu haavandid, kohe-kohe lõhkemas!"

„Oh, jube!" Lia ütles. „Äkki peaks ta haiglasse minema?" "Nad helistasid oma perearstile, aga ta ei ole kättesaadav. Nii et andke mulle kohe teada, kui dr Flanell oma arvamuse annab, ja ma annan selle edasi. Sa võiksid talle Ardeni silmast rääkida ja küsida, kas ta soovitaks kohe haiglasse minna."

„Teeme seda. Ma võtan ühendust."

Ta seletas Lesterile kõik ära. Nad vahtisid tühjade nägudega ettepoole. Ta oli mures, kuidas nad seda kõike vastu võtavad.

„Kas keegi soovib tassi teed?" Proua Lester uuris.

„Ei, aitäh," ütles E-Z. Proua Lester oli üks neist emadest, kes uskus, et tee võib lahendada enamiku probleeme.

Härra Lester järgnes oma naisele kööki.

„Kas te tavaliselt nende mängudega ei liitu?" Alfred uuris nüüd, kui ta ja E-Z olid Ardeniga kahekesi.

„Mõnikord," ütles E-Z. "Aga viimasel ajal, kui mul on vaba aega, siis tavaliselt kirjutan. Mul ei ole praegu palju aega enda jaoks."

„Arusaadav. Vabandan, kui ma liiga palju ringi hängin."

„Ei, see on okei. Ma pean end rohkem organiseerima. Koolitööd muutuvad keerulisemaks, tead, me oleme karjääri ja lõpetamise teel. Nad tahavad, et me teaksime, kuhu me läheme, ja me isegi ei tea veel, kus me oleme."

„Ma mäletan neid päevi, aga sa saad sellest aru. Igatahes on mul hea meel, et sa nendega ei mänginud - muidu oleksid sa võib-olla samas seisus nagu nemad."

„Tõsi. Ma ei kujuta ette, mis neid nii väga hirmutaks... kui see juhtus. Ma mõtlen, et mäng on mäng - mitte reaalsus. See pidi olema üks äge võistlus."

Lesterid pöördusid tagasi oma poja tuppa.

„Mis juhtus?" Proua Lester kriiskas.

Ardeni silmalaud olid nüüd avatud, paljastades kõik valged sisemused. Nagu PJ, olid ka tema pupillid kadunud.

E-Z-l tekkis déjà-vu tunne, kui härra Lester üle toa kõndis ja kummardus, et teda lahti tõmmata.

„Stopp!" E-Z karjus. „Ära puutu seda!"

Härra Lester jäätus paigale.

„Härra Handle oleks peaaegu saanud elektrilööki, kui ta seda puudutas. Parim asi, mida teha, on jätta see rahule."

„Oh, jumal tänatud, et sa olid siin ja hoiatasid mind," ütles härra Lester.

„Jah, aitäh E-Z. Ma ei saaksin hakkama, kui mu poeg ja mu abikaasa oleksid mõlemad vigastatud. Ma lihtsalt ei suudaks." Ta läks üle toa ja heitis käed ümber oma abikaasa.

„Pärast seda kukkus tema arvuti kokku, ekraan pragunes ja sellest tuli suitsu," selgitas E-Z. „Niisiis, PJ arvuti on kärbitud, praetud - röstitud. Seevastu Ardeni arvuti on veel terve. Kui me leiame, kuidas sinna sisse pääseda - ohutult -, saame ehk teada, mis nendega juhtus. Kõigepealt pean ma helistama onu Samile ja paluma tema abi. Ta on tehnikamees IT-mees, nii et ta teab, mida teha."

„Oota," ütles proua Lester. „Kas sa tahad öelda, et nii PJ kui ka Arden on, sama?"

Ta noogutas.

„Ma olen alati öelnud, et arvutid on kurjad!" ütles ta. „Minu Arden on sportlane. Ta peaks olema väljas sportimas, mitte istuma arvuti taga ja raiskama oma aega." Ta nuttis oma mehe rinnale ja mees hoidis teda kinni.

„Arvutid on koolis vajalikud," ütles härra Lester. „Meie poeg ei teinud midagi valesti ja ma olen kindel, et ta saab peagi tagasi oma vanale tasemele. Ta vajab natuke silmade sulgemist. Natuke puhkust, see on kõik. Ta saab korda."

Alfred huhhuu'd.

E-Z sai oma telefoni sõnumi. „Lia ütleb, et doktor Flannel käskis neil jätta PJ sinna, kus ta on. Ta ütles, et tema silmad peaksid iseenesest normaalseks minema. Ta ütleb, et PJ-l ei paista olevat mingeid valusid. Tema südametegevus ja pulss on normaalsed. Ta vajab puhkust."

„Tänan teid," ütles härra Lester.

„Aitäh, et te tulite," ütles proua Lester. „Me anname teile teada, kui on mingeid muutusi."

E-Z ja Alfred lahkusid pärast pikka visiiti ja kohtusid Lia'ga ning nad kõndisid kõik koos koju.

„Ma ei saa aru," ütles E-Z, „kas see asi PJ ja Ardeniga on mõeldud kohtuprotsessiks. Eriel vihjas, et ma peaksin millegi pärast muretsema. Et ma peaksin isegi tahtma seda jätkata. Kui see nii on, siis ma ei ole kindel, kuidas ma peaksin selle ära parandama. Kas teil on mingeid ideid? Peale selle, et onu Sam aitab meil Ardeni arvutisse pääseda - ma olen siinkohal täiesti maas."

„See on kummaline, kui see on katse," ütles Alfred. „Sest kohtuprotsessid on ju minevik, eks ole?"

„On küll, aga kui PJ ja Arden on vigastatud, siis ei jää mul muud üle, kui sekkuda. Isegi kui peainglid meie kokkuleppest taganesid."

„Nad mõlemad tunduvad nii, välja. Mida nad sinult ootavad? Sul pole ju tervendamisvõimeid või midagi sellist," ütles Alfred.

„Aga SINUL on!" Lia ütles.

„Mul on, aga kui need on kasutatavad. Ma küll proovisin, suhelda nende mõtetega. Aga see oli nagu tühi. Ma ei saanud nendega ühendust. Et neid tervendada, peaks olema mingi ühendus. Ja mul ei olnud midagi, millega ühendust luua.

„Ma küsin endalt pidevalt, kas ma peaksin Arielilt abi paluma. Ta on looduse ingel. Võib-olla on midagi, mida ta oskab soovitada, või midagi, mida mina ei oska."

„See on paljutõotav mõte," ütles E-Z.

WHOOPEE

Ariel jõudis kohale.

„Mis toimub?" küsis ta.

Alfred selgitas olukorda.

E-Z küsis, kas see on kohtuprotsess, mida peainglid üritavad tagantjärele sisse lipsata.

„Nii või teisiti pead sa oma sõpru aitama,“ ütles ta. „Sa tahad neid aidata, eks ole?“

„Loomulikult tahan, aga mida ma pean tegema, milliseid meetmeid ma pean proovile panema, on tavaliselt ilmsem.“

„Kas ma ei kuulnud sosinat, et sa ei oska initsiatiivi võtta?“ Ariel uuris.

„Kas sa soovitad,“ küsis E-Z, hoides häält madalal, et mitte kaotada tuju. „Et peainglid on pannud mu sõbrad koomasse, et minu algatusvõimet proovile panna?“

Ariel naeratas. „Ei, ma ei vihja midagi sellist. Aga kui see oleks katse, siis mida sa teeksid, et neid aidata?“

„Kui minu ette pannakse katse, siis mu aju läheb käima. Ma tean, mida teha, et seda parandada, ja ma lähen edasi ja teen seda. Selle puhul ei ole mul aimugi, mida teha, et seda parandada. Nad on meditsiinilises ohus. Ma ei ole arst.“

Ariel pani käed risti. „Mida sa proovisid, Alfred?“

„Üritasin nende mõlema mõtetega ühendust võtta. Tavaliselt, kui ma suudan inimesi või olendeid tervendada, on olemas ühendus - selline, mida ei ole katkestanud väline jõud. Nende mõlema puhul oli see nagu uks kinni löödud ja ma ei saanud sellest läbi murda."

„Sa vastasid siis ise oma küsimusele," ütles Ariel. „Kas ma võin teid veel millegi muuga aidata?"

„Sinust polnud justkui mingit abi," ütles Lia.

Alfred vabandas.

WHOOPEE

Ja Ariel oli kadunud.

„Sa ei peaks temaga niimoodi rääkima," ütles Alfred. „Kui ta oleks võinud meid aidata, oleks ta aidanud."

„Vabandust, aga see on masendav, kui nad ei tea rohkem kui meie. Nad on peainglid! Nad peaksid teadma midagi, mida meie ei tea, muidu mis mõte neil on?" Lia uuris.

„Sa tahad öelda, et Haniel suudab alati iga probleemi lahendada?"

Lia kehitas õlgu. „Mul ei ole olnud palju arutada."

E-Z ütles: „Eriel on kasutu. Iga kord, kui ma olen temalt abi palunud, on ta seda tagasi hoidnud. Jah, ta andis nõu. Ütles mulle, et ma ise välja mõtleksin.

„Nagu siis, kui ta mind viimati kutsus, vihjas ta mingi vandenõu või seose ümber, nagu ta seda nimetas.

„Kui ma arvasin, mis see oli - mängides -, et on mingi seos, oli ta ikka kasutu. Ma soovin, kui nad ütleksid seda. Nii või teisiti, siis saan ma keskenduda sellele, kuidas oma kaks sõpra sellest olukorrast välja saada."

„Näed, mida ma mõtlen?" Lia ütles. „Kõik peainglid on täiesti kasutud."

„Haniel aitas sind, kui sa silmi vigastasid," tuletas Alfred talle meelde.

Lia pööras talle selja.

„Loodame, et arstil oli õigus ja nad mõlemad on hommikuks iseendaks," ütles E-Z. „See on kõik, mida me saame teha."

Nüüd koju jõudes läksid nad tagahoovi. Nad tervitasid Little Dorriti ja vaatasid, kuidas päike üles kerkib, ning vestlesid oma järgmise sammu üle.

E-Z käis läbi mõned asjad, mis teda närvidele ajasid. Valges toas olid nad teda julgustanud punkte ühendama. Viimati aitas Eriel tal seda kitsendada.

Ta käis läbi kõik, mida tüdruk poes oli talle rääkinud. Kuidas ta oli võtnud pantvange, nagu mängus. Kuidas ta kandis kostüümi, nii et nägi välja nagu mängusisene pearahakütt.

Järgmisena käis ta läbi üksikasjad poisi kohta tema maja ees. Poiss oli otsesõnu öelnud, et hääled mängus olid saatnud ta E-Zi tapma ja kui ta seda ei tee, tapetakse tema perekond.

Siis mõtles ta Erieli ja teiste peainglite osalusele katsetes. Nüüd olid kaasatud PJ ja Arden.

Kas peainglid tõmbaksid neid kaasa, et teda kätte saada? Kas see oli tema süü - et ta oli liiga aeglane mõistatuse lahendamisel, mille nad olid talle andnud? Peainglid ütlesid, et nad olid temaga lõpetanud. Nad olid katsed tühistanud ja tal oli hea meel, et nad olid tagasi. Miks olid nad tagasi, püüdes temaga uut sidet luua? See ei saanud olla juhus.

Ta avas suu, et öelda Alfredile ja Liale, mida ta mõtleb - selle asemel maandus ta taas silos. Ainult et seekord oli konteineri asemel, mis oli valmistatud metallist, see oli klaasist ja ta oli ilma oma toolita.

PEATÜKK 6

UPSIDE DOWN
(TAGURPIDI)

E-Z rippus tagurpidi klaasmullis, vaadeldes rohelist, rohelist muru. Ta oli kõrgel selle kohal ja tema pea valutas nii palju, et ta kartis, et see lõhkeb ja pritsib kogu konteinerisse. Aga õnneks hoidis teda miski üleval. Mis see oli, seda ta ei teadnud.

Erinevalt teistest kordadest, kui ta silos oli, ei olnud ta kinnitatud (või tema tool ei olnud) paigale kinnitatud. Teine asi, mis teda niimoodi tagurpidi rippudes muretses, oli see, et ta ei näe Erieli tulemas. Samuti ei oleks ta võimeline teda haistma.

Niipea, kui ta Erielile mõtles, nihkus konteiner. Ta kartis kukkumist. Tahtis millestki kinni haarata, kuid peale õhu polnud midagi, millest kinni haarata. Ta mähkis käed enda ümber. Siis tundis ta liikumist.

Klaaskamber pöördus sada kaheksakümmend kraadi päripäeva. Ta pea tundis end kohe paremini, selgemana, ja ta seadis oma tähelepanu sellele, et end välja saada. Mida kiiremini, seda parem.

Kuid liiga hilja, asi nihkus ja pööras siis veel sada kaheksakümmend kraadi. See viis ta tagasi sinna, kust ta alustas.

„Tere, Doody," karjus Eriel, kui ta surus näo vastu klaasi. Siis koputas ta ja laulis: „Lase mind sisse, lase mind sisse."

„Lase mind siit välja!" E-Z karjus.

„Rahune maha," kurtis Eriel. „Sa oled siin heast südamest. Ma tahtsin sulle isiklikult öelda: su sõbrad on ohus."

„Sa mõtled PJ ja Arden?" Eriel noogutas. „Noh, seda ma juba tean! Sina suur lollakas!"

„Kepid ja kivid murravad mu luud, aga nimed ei saa mulle kunagi haiget," laulis Eriel.

„Kui sa mind siit ära ei vii - kohe - siis teen ma sulle rohkem, kui kepid ja kivid suudavad!"

Eriel koputas oma luise sõrmega vastu lõuga. Ta oli ju ikka veel paremal küljel, mis oli eelis võrreldes perspektiiviga, milles E-Z oli.

„Ma tahtsin, et sa teaksid, et kuigi su sõbrad on ohus, ei pea sa muretsema. Nad ei ole superkangelaste ohus." Ta tegi pausi. „Üks väike linnuke ütles mulle, et sa arvad, et me üritame sinust järjekordset katset mööda libistada... noh, me ei tee seda. Jäta nad saatuse hooleks."

„Mida sa mõtled, et nad ei ole superkangelaste ohus?" E-Z karjus.

Eriel kadus ja klaaskonteiner kukkus. Ta võpatas, stabiliseeris end. See kukkus uuesti. See jätkus ja jätkus, kuni ta oli kindel, et peagi murdub tema kolju nagu muna kõnniteele.

Siis nägi ta Alfredi muru serval muru nokitsemas.

„Hei!" E-Z hüüdis. „HEI!"

Alfred lõpetas söömise ja kõndis kohale. Ta vaatas oma sõpra, kes rippus tagurpidi klaasmulli sees.

„Mida sa seal sees teed?" küsis trompetijõgi.

„Eriel!" E-Z hüüatas.

„Piisab sellest. Ma lähen ja äratan Sami üles. Loodan, et ta teab, mida teha, et sind sealt välja saada."

„Hea mõte ja palu tal mu tool tuua."

E-Z kirus ennast ootamise ajal. Ta oli jätnud kasutamata võimaluse Erielilt rohkem teavet nõuda.

Ta oli käitunud nagu ohver. Ta oli oma kaks parimat sõpra alt vedanud.

Ta sõnastas plaani. Kui ma siit välja jõuan, leian Erieli üles ja sunnin teda ütlema, kuidas PJ ja Ardenit päästa. Ma panen teda vanduma, et ta ei pane mind enam kunagi sellesse olukorda.

Oot, oodake hetk. Kui PJ ja Arden ei oleks superkangelaste ohus. Millises ohus nad siis olid? Kas nad vajasid üldse päästmist? Või oli doki Flanellile õigus, kui ta ütles, et nad saavad sellest üle ja on varsti jälle oma vana mina?

Talle ei meeldinud „jätke nad saatuse hooleks" avaldus. Ta uskus, et me ise kujundame oma saatust, ja tema kaks sõpra olid koomas. Nad ei saanud end ise aidata, seega kavatses ta neid aidata. Ükskõik, mida Eriel ütles.

Lõpuks tuli onu Sam välja, suure tööriistaga käes vehkides. „See on klaasikelluke," ütles ta. „Ma teadsin, et see tuleb ühel päeval kasuks, kui ostsin selle ühes neist infomersioonidest televisioonis. Nad ütlesid, et see lõikab klaasi nagu võid. Vaatame, kas see oli valereklaam." Ta lõikas ümber põhja. Aeglaselt. Ettevaatlikult.

„Hei, kiirustage, ma lämbun siin sees! Kui päike tõuseb, siis ma kärssan.“

„Kannatlikkust, kallis poiss,“ kurtis Alfred.

„Peaaegu valmis,“ ütles Sam. Ta oli põlvedel ja tungis ettepoole, kui lõikur konteineri põhja lõikas. Vahepeal kostis tema püksisääre põlvedest kaste muru. „Ma oletan, et Eriel oli midagi pistmist sellega, et sa seal sees oled?“

„Kinnitan.“

Sam lõpetas lõikamise ja vabastas vennapoja, seejärel aitas ta ratastooli.

„Aitäh, onu Sam.“

„Pole midagi. Nüüd seleta, palun?“

„Ma olen liiga väsinud. Ja ma olen liiga ärritunud, et seletada. Kas me saame seda palun hommikul teha?“

Päike veritses punaselt, kui ta end horisondil ülespoole lükkas.

Mõne tunni pärast peaks E-Z oma sõprade järele vaatama. Ta lootis, et neil on kõik korras. Tagasi normaalseks. Siis ei peaks ta sellele enam hetkekski mõtlema. Kui ei... kui nad ei ole. Noh, nii või teisiti oleks kõik parem, kui ta saaks veidi magada.

„Ma võin talle kõike seletada,“ pakkus Alfred.

„Mida sa sellest tead? Ma pidin sulle karjuma, et su tähelepanu äratada."

„Oh, ma nägin kogu asja. Mis sa arvad, mida ma siin tegin? Ma ootasin, et sa abi paluksid. Ei tahtnud sinu Erieli aega segada."

„Katkestada. Väga naljakas. Okei, anna talle teada. Ma lähen, et veidi nokitseda. Ma olen liiga väsinud, et enam mõelda." Ta veeretas end rambivalgusest üles ja majja ning kukkus täielikult riietatuna voodisse.

E-Z nägi unes, et oli tema seitsmes sünnipäev. Tema vanemad olid üürinud virtuaalse mängupargi siseruumides. Ta oli kutsunud kokku kaksteist last, nii et neid oli kolmteist ja ühes võistkonnas pidi olema üks lisamängija. Kuna oli tema päev, kutsusid nad meeskonnad välja ja viimane valitud mees läks oma meeskonda. Nad nimetasid end Ball Breakersiks. Teine meeskond, mida juhtis Kyle Marshall, nimetas end Bat Shitziks.

„Te ei saa seda nime kasutada," torkas E-Z meeskond. „See on praktiliselt vandesõna."

„Ah, mõtle veel kord," ütles Marshall. „Kirjapilt on Shitz. Me oleme saanud nime minu koera järgi. Ta on Shitz-hu."

„Mängime," ütles E-Z.

PJ ja Arden olid E-Z meeskonnas. Tornaado trio meeskond peksis Bat Shitz'i meeskonna tagumikku, kuni nad kõik olid liiga väsinud, et liikuda.

„Toit on serveeritud," hüüdis E-Z ema. Vanemad ootasid kõrvalolevas restoranis. Nad olid tellinud hulga pitsasid, ämbritäie karastusjooki ja lõpuks ka küünaldega täidetud tordi.

Lapsed lahkusid koos mänguruumist. Peagi taipas Arden, et oli oma pesapallimütsi maha jätnud.

„Ma ei saa seda maha jätta! Ma pean tagasi minema!"

„Me tuleme sinuga kaasa," ütles E-Z. „Anna mulle hetk, et emale öelda."

„Ma annan talle teada," ütles Kyle, kes oli lähedal.

E-Z, PJ ja Arden jälitasid tagasi. Kui nad ei leidnud mütsi, kõndisid nad edasi.

„See peab ju kusagil siin olema!" Arden ütles.

„Ma kindlasti ei arvanud, et see on nii kaugel," ütles E-Z.

„Need sipelgad söövad kogu pitsa ära, enne kui me tagasi jõuame," ütles PJ.

„Ärge muretsege, proua Dickens hoiab meile süüa. Ta teab, et me ei jää kauaks."

Koridor laienes teise hoonesse, teise kohta. Nende ees oli hiiglaslik giljotiin. Ülal, tera kohal oli Ardeni müts. Teral endal oli silt. See tilkus ikka veel punast värvi või verd. Sellel oli kirjas: „Pea läheb siia.“

„Kas me unistame?“ Arden küsis. „Sest ma tõesti ei vaja oma pesapallimütsi nii väga.“

„Kuule. Hääled,“ ütles E-Z.

Sosinad, väga vaikselt, aga sosinad. Kõigepealt oli see üksildane naine. Siis liitus veel üks, duett. Siis liitus veel üks, et moodustada trio. Sosinad muutusid lauluks.

„Ma ei saa sõnadest aru,“ ütles PJ.

„Shhh,“ ütles E-Z, hoides sõrme huuledele.

Kui hääled laulsid,

„B-link ja sa oled surnud.

B-link ja sa oled surnud.

B-link ja sa oled surnud, B-link ja sa oled surnud,“ laulu ‚Happy Birthday to you‘ saatel.

„See on õudne!“ PJ ütles.

„Lähme tagasi,“ ütles Arden, kui uks, millest nad olid sisse tulnud, löödi kinni ja sammud kajasid mööda koridori.

Sammud muutusid valjemaks.

CLANK. CLANK. CLANK.

Kettakangid. Tulevad lähemale. Saabunud jalad. Üks sõdur. Väga pikk kuju, kapuutsiga. Kandis midagi hõbedast: noa teritaja.

Kui ta jõudis giljotiini jalamile, tõmbas kapuutsiga tegelane taskust välja sule. Ta pani selle vastu tera. See lõikas läbi nagu või. Siiski läks ta edasi ja teritas seda veelgi. Tera teritamise ajal surises ta hingetult, nagu nautiks ta oma tööd.

„Nagu poleks giljotiinitera piisavalt terav!" PJ sosistas. „Päästke mind siit välja!"

Arden jooksis ukse poole ja hakkas seda haamriga lööma. „E-Z sa pead meid siit välja viima! Sa pead meid aitama! Palun aita meid!"

SÕNUMI LAADIMINE.

PJ ja Ardeni näod paiskusid ekraanile. Nad ütlesid kaks sõna:

„HOIATAGE NEID."

E-Z ärkas, et kuulda, kuidas onu Sam oma magamistoa uksele rusikatega lööb. „Tõuse üles, E-Z, me ei leia Liat!"

Nüüd, kui ta oli ärkvel, mõistis ta, et naine oli võtnud ühendust, püüdes temaga ühendust võtta. Et teda kursis hoida. Ta kontrollis oma telefoni. Sõnum värskendusega.

„Kõik on korras," ütles E-Z, "ta on PJ-ga. Ütle Samanthale, et tal on kõik korras. Ma pean varsti tema ja Ardeni juurde minema. Kus on Alfred?"

„Ta on aias," ütles Sam. „Kas sa tahad hommikusööki, enne kui lähed?"

„Grillitud juustuvõileib sobiks hästi. Aitäh."

Kui E-Z riietus, mõtles ta oma unele. Poisid rääkisid temaga, läbi ühise sündmuse, mida nad jagasid, kui nad olid seitsmeaastased. Ta pidi aru saama, millest see kõik oli. Hoiatada neid? Keda täpselt soojendada? See oli kindel vihje, aga keda täpselt tahtsid nad teda hoiatada?

Jah, ta oli täiesti kindel, et nad üritasid talle midagi öelda, aga mida täpselt? Tal oli taas kord salakaval kahtlus, et see kõik on seotud Erieliga.

Kõigepealt läks ta Ardeni juurde, ja vaene mees oli nagu ennegi zombi moodi oma voodis. Arst oli tema kõrval, kui E-Z ja Alfred sisse läksid.

„Mis on diagnoos?" E-Z küsis.

„Kõigepealt viige see kana siit välja!" hüüdis arst.

Alfred huugas protesteerides, siis vappus minema. Väljas muheles ta rohtu ja puhastas oma sulepead.

Doktor vaatas härra ja proua Lesterile otsa: „Kui palju te tahate, et see poiss teada saaks?"

„See on E-Z, ta on üks Ardeni parimaid sõpru.“

„Ma tean, kes ta on, olen näinud teda televisioonis inimesi päästmas.“

E-Z ei teadnud, mida öelda, nii et ei öelnud midagi, kuid talle ei meeldinud selle arsti suhtumine.

„Arden on koomas.“

„Jah, ma arvasin seda. Oh, millal ta siis sellest välja tuleb? Dr. Flannel seal Käepaigas - kus PJ on samas seisundis - ütles, et ta saab varsti normaalseks.“

„Seda ma ei tea. Tema keha kaitseb teda millegi eest, nii et ta ärkab üles, kui ta on selleks piisavalt hästi. Seniks soovitaksin, et keegi oleks temaga ööpäevaringselt koos.“ Siis Lesterile: „Võib-olla oleks kõige parem, kui te mõlemad töötaksite, et palgata õde. Ma võin kedagi soovitada. Kui te saate kodus töötada, oleks see kõige parem. Ma võtan teiega paari päeva pärast ühendust.“

„Paari päeva pärast,“ kordas härra Lester.

Proua Lester juhatas arsti majast välja.

E-Z järgnes talle. „Kui ma saan aidata, teha vahetust tema kõrval, ärge kartke küsida. Ma lähen nüüd PJ juurde. Lia on juba seal ja ta kirjutas, et ta on sama.“

„Hoia meid kursis ja anna PJ perekonnale armastust.“

„Teeme seda," ütles E-Z, kui ta ja Alfred taas kokku said. Mõlemad tõstsid end maast lahti ja lendasid PJ maja juurde.

Kui nad kõrvuti edasi lendasid, ütles Alfred: „Mulle ei meeldinud see arst. Kui inimene on loomade vastu ebasõbralik... ma ei usalda teda."

„Ma kuulen sind, aga ta tegi ainult oma tööd."

„Meie, luiged, ei ole mingeid katku või... olgu. Ma unustasin linnugripi - aga see juhtus inimeste tõttu."

Nad maandusid PJ maja juures, kus Lia ootas neid lahtise uksega.

„Kuidas teil kahel asjad on?" küsis ta.

„Hästi," ütles Alfred.

„Ah, ta on natuke pahane, sest Ardeni arst viskas ta välja, aga minul on kõik korras, aitäh. Ja sinul?"

„Mul on kõik hästi, aga PJ vanemad on hulluks läinud ja paranemise märke pole näha."

„Kas nad kutsusid arsti tagasi?" Alfred küsis.

„Ei. Ta andis neile lootust, aga muud midagi, peamiselt seda, et ta rabeleb. Aga ma kardan, et ta on eksinud." Ta tegi pausi, veidi punastades.

„Oh, veel üks asi, kui ma tema käest kinni hoidsin." Ta vaatas neile kahele otsa. „Ta, noh, ma ei ole kindel, kas ma kujutasin seda ette või tegi ta seda tõesti - aga mulle tundus, et ta pigistas seda."

„Uh, aitäh, et sa tema juures püsid. Me peaksime tema vanematega vahetusi tegema, et keegi ei väsiks liiga ära. Sa võid nüüd koju minna ja emaga aega veeta. Ta mõtleb ilmselt sinu pärast." Ta ei kavatsenud mingil juhul mainida käest kinni hoidmist.

„Ma lähen siis ära, kui sa seda teed," ütles Lia, kui nad mööda PJde tuppa suundusid.

Alfred, Lia ja E-Z olid nüüd PJ-ga kahekesi.

„Ma nägin eile öösel kummalist unenägu. PJ, Arden ja mina olime oma seitsmendal sünnipäeval - aga asjad ei juhtunud nii nagu siis. Nad üritasid minuga suhelda läbi ühise ürituse, aga ma ei ole kindel, mida nad üritasid öelda."

„Räägi meile unenägu," ütles Alfred. „Ja ära jäta midagi välja."

„Jah, räägi meile ja me vaatame, kas saame aidata sul seda tõlgendada."

„Noh, see algas normaalselt. Kõik oli nii, nagu sel päeval käis, kuni Arden unustas oma pesapallimütsi ja meie, meie kolmekesi, läksime selle järele."

„Niisiis, ta ei kaotanud oma pesapallimütsi päris peol?"

„Ei, ei kaotanud. Tegelikult oli ta sellest mütsist nii kinnisidee, et me kiusasime teda sageli, et see on tal peas kinni. Nii et see oli oluline osa unenäost. Ja seal me kõndisime tagasi mänguruumi ja koridor tundus olevat palju pikem, kui see oli, kui me sealt lahkusime.

Me kõndisime pikka aega. Vestlesime edasi, nagu me tavaliselt tegime. Me ei märganud seda alguses, me olime juba pikemat aega kõndinud. Arden kaalus, kas jätta müts sinna, kus see oli, sest sinna jõudmine võttis nii kaua aega, aga me otsustasime selle kätte saada. Ta ütles, et mütsil on tema jaoks sentimentaalne väärtus.“

„Huvitav,“ ütles Lia. „Kas sa tead, miks ta mütsi nii väga armastas?“

„Ta kandis seda kogu aeg, sest talle meeldis meeskond. Ma ei teadnud kunagi, et tal oli tegelikkuses mingi muu sentimentaalne side kui meeskonna enda vastu. Ja unes, sel hetkel mitte enne, kui ta seda ütles. Niisiis, siis laienes koridor suuremaks ja me leidsime end suures õhulises ruumis, nagu auditooriumis. Ruumi keskel oli hiiglaslik giljotiin.“

„Mis! Kui kummaline!“ ütles Alfred.

„See on kuidagi hirmutav,“ ütles Lia.

„Seal on veel midagi. Ülal, tera kohal oli Ardeni müts ja selle all silt, millel oli kirjas: Pea läheb siia."

Lia ja Alfred haigutasid.

„Arden ütles, et talle ei meeldi müts enam nii väga. Ja siis läks pimedaks ja me kuulsime, kuidas rasked sammud meie poole tulid. Saapad. Kettide või soomuste klõpsatus. Siis tulid tuled tagasi, kui sisse astus mees, kellel oli kapuuts üle pea. Ta läks giljotiini juurde ja teritas noad üksteise järel."

„Mis siis?" Alfred küsis.

„Siis ilmus arvutiekraan, millel oli kirjas LOADING, ja ekraanile ilmus pilt neist kahest. Nad ütlesid kaks sõna:

„HOIATAGE NEID."

„Ja mis siis?" Alfred küsis uuesti.

„Siis äratas onu Sam mind üles ja küsis, kas ma tean, kus Lia on."

„See ei ole palju," ütles Lia. "Kas ta armastas seda mütsi? Ja keda peaks hoiatama?"

„Ardeni lemmikmeeskond oli ja on ikka veel Boston Red Sox. Müts oli talle kingitus - ehtne - ta ei jätaks seda kunagi maha, ükskõik mis ka ei juhtuks. Ometi kaalus ta vähemalt kaks korda selle unes jätmist."

„Aga ta ei olnud piisavalt innukas, et selle kättesaamiseks pea giljotiini pista," ütles Alfred.

„Kes oleks!" Lia küsis.

„Ma soovin, et me saaksime kasutada Ardeni arvutit. Vean kihla, et seal on mingi vihje. Vean kihla, et tal on mingi fail, midagi peidetud, mida ma võiksin leida. Võib-olla oligi see unenägu sellest. Ja miks ta andis mulle vihje."

Lia uuris internetis, kas unenägu, milles oli giljotiin, on tema telefonis tähendust. „See ütleb, et see tähistab hirmu või ärevust. Väljajäetud olemist või piinlikkust millegi pärast."

„Ma arvan, et mul on idee," ütles E-Z, kui ta oma telefonis kontaktide nimekirja sirvis.

„Oot," ütles Alfred, "helista Samile."

„Sul on õigus, võib-olla peaksin selle kõigepealt temaga läbi ajama." Ta helistas kiirsõnumiga Samile, selgitas olukorda. Sam ütles, et ta tuleb kohe Ardeni juurde, et nad peaksid teda seal kohtuma.

„On siin kõik korras?" PJ ema küsis. „Kas sa soovid jooki või midagi?"

„Ei, aitäh, aga onu Sam läheb Ardeni juurde ja me kohtume temaga seal. Vaatame Ardeni arvutit, uurime, mida ta viimati tegi. Kahju, et PJ arvuti on välja lülitatud."

„See on nutikas mõte. Me kuulsime, et Ardeni vanemad kutsusid ka arsti, kas temast oli abi?"

„Ei, ei olnud."

„Hoiame teid kursis, kui midagi kuuleme," ütles Lia, kui ta PJ otsaesist katsus.

„Sa oled tubli tüdruk," ütles PJ ema. Siis lahkus ta toast, võideldes pisarate vastu.

Kui nad Ardeni majja jõudsid, ootas Sam neid väljas. Tal oli kaasas sülearvuti ja kott täis arvutitööriistu ja muud pisiasjad.

Koos läksid nad sisse, kus Sam seadis oma arvuti lähedale, sülearvuti, ühendas selle teisel pool tuba, siis vaatas Ardeni seadeldist. See oli otse pistikupessa ühendatud. Ilma kaitsva vooluribata ootamatute vooluhulga eest. Hea, et ta kandis alati ühte oma kotis.

Pärast kaitsevooluriba kinnitamist ühendas ta Ardeni arvuti sellesse. Nad ootasid - ja midagi ei juhtunud. Võttes seda kui head märki, lülitas ta voolu sisse ja Ardeni arvuti ärkas ellu. Vaja oli salasõna. Parool, mida keegi neist ei teadnud.

„Kas keegi arvab?" Sam küsis.

E-Z sisestas Boston Red Sox. Ta proovis Ardeni keskmist nime, mis oli Daniel. Ei õnnestunud.

„Proovi giljotiini," soovitas Alfred.

„Bingo!" E-Z ütles, nüüd oli tal vaja vaid ajalugu otsida.

„Las ma vaatan," ütles Sam, kui ta klõpsas seadistusi, otsides midagi ebatavalist. Midagi ebatavalist ei olnud.

„Mis oli viimane asi, mida ta tegi? Kas ta mängis mingit mängu?" E-Z küsis.

Kui Sam klõpsas, et seda teada saada, süttis ülepingestamisriba. Onu Sam jooksis tuld kustutama, kui ta tagasi jõudis, oli E-Z selle juba tekiga lämmatanud. „Hea mõte," ütles ta.

„Loodan, et Ardeni ema arvab nii!"

„Haara kõvaketas kinni!" Sam ütles, mida ta ka tegi, enne kui see kärssas. „Nüüd võtame selle kaasa ja vaatame, mida näeme."

PEATÜKK 7

ARUTELU

Kuinad koju jõudsid, mõtles E-Z ikka veel sõnumi „Hoiata neid" peale. Kas see võis olla rohkem kui unenägu?

„Huvitav," ütles ta.

„Millest?" Sam küsis.

E-Z seletas oma unenäost ja sõnumist ning lisas siis oma uue idee, et näha, mida nad sellest arvavad.

„PJ ja Arden panid asjad veebilehele paika, et me saaksime tulevikus teha podcaste. Ma mõtlen, kas ma peaksin seda kasutama, kui me selgeks saame, keda hoiatada. Me võiksime kindlasti paljude inimesteni jõuda."

„See on geniaalne idee!" Sam ütles: „Aga kas me ei peaks nüüd juba jälgijaskonda üles ehitama? Et siis, kui me oleme valmis hoiatust edastama, oleks meil juba mõned tellijad?"

„Mida ma ütleksin?“

„Mõtleme selle üle,“ ütles Lia. „Ja me oleme kohe sinu kõrval.“

„Mulle sobib, kui ma osa rääkimisest ära teen.“

Nüüd koju jõudes läksid nad sisse.

PEATÜKK 8

BRANDY LIVES

Kuita teda esimest korda nägi, oli neil ühine muusika. Ta mängis klaverit, keskmisest paremini, kuid mitte erakordselt hästi. Tema muusikaõpetaja ütles, et tal oli loomulik võime - mida iganes see ka ei tähendaks. Aga ta oskas mängida ainult neid laule, mis talle midagi tähendasid. Siis jäid need talle meelde ja ta oskas neid kohe mängida. Kuid see, et teda sunniti mängima midagi, mis talle ei meeldinud, pani ta vihkama tunde.

Ta jäi sellega hätta. Sundis end isegi siis, kui ta seda vihkas. Lootes, et ta suudab end koolibändi sisse võltsida.

Tema vanemad tahtsid, et neil oleks midagi näidata kõigi nende tasutud tundide eest. Nad nõudsid, et ta prooviks bändis kaasa lüüa - et saada rohkem osa kooli tegevusest.

„See paistab hästi välja sinu kolledži avalduses,“ ütles isa.

„Anna endast parim, rohkem me ei küsi. Anna endast parima!“ ütles ema.

Kuid selle aasta keskkooli kuuldemängud olid täis andekaid lapsi. Üks andekas meestrummar oli juba laval esinemas, kui ta saali sisenes.

Higistavate peopesade ja puperdava südamega liikus ta mööda rivi. Õpilaste ja õpetajate rivi plaksutas ja koputas varbaid. Ta tundis, kuidas põrand pulseeris iga taktiga.

Nagu robot, jätkas ta kõndimist mööda auditooriumi serva, kuni oli lavale nii lähedal kui võimalik.

Nüüd hiilis ta uksest välja, läks lava taha. Seisis koos teiste kannel olevate esinejatega ja aplodeeris, nagu oleks ta alati seal olnud.

See oli geniaalne plaan. Kõik olid olnud nii hõivatud tema esinemisega, et nad polnud isegi märganud, et ta oli rivistikku lõiganud.

„Kes ta on?“ sosistas ta järjekorras tema ees seisvale tüdrukule.

„Shhhhh!“ Teised ootavad esinejad vastasid.

Ta trummeldas edasi, teksapükstes riietatud, tema blondid juuksed õõtsusid ja põrnitsesid. Siis kummardus ta mikrofonile lähemale ja tema sügav meloodiline hääl ühines rütmiga.

Ta surus veidi lähemale, ja kui ta seda tegi, märkas ta sügelust, mida varem ei olnud olnud. Tema peopesadel, kätel, jalgadel. Ta kratsis ja ei leidnud leevendust. Tegelikult muutus see hullemaks ja peagi oli tunne, nagu oleks ta nahk põlenud. Siis halvenes tema hingamine ja südametegevus aeglustus.

„Rahusta end," sosistas ta nii valjusti kui ka oma peas.

See oli viimane asi, mida ta mäletas, enne kui ta liikuvas sõidukis ärkas.

PEATÜKK 9

BRANDY KOHTA

Sõiduk sõitis kiirusega mööda maanteed. Ta oli tagaistmel. Kelle autos ta istus? See ei olnud sõiduk, mida ta tundis.

Ta püüdis istuda; pea valutas - nagu oleks rong läbi selle sõitnud. Ta sulges korraks silmad ja kuulas, püüdes aru saada, kuidas ta sinna oli sattunud. Auto ise lõhnas kummaliselt, uue ja vana korraga.

PFFT.

Ventilaator eritis lõhna, mis pani ta kõhu kõveraks ja ta oksendas.

„Hei, vaata siseruumi," ütles meeshääl. „See on nahk, päris nahk." Tema telefon helises ja ta rääkis sinna visiiris oleva mikrofoni kaudu. „Jah, me oleme varsti kohal," ütles ta. Ta katkestas ühenduse ja keeras siis raadio üles.

Tema käed olid seotud, aga mitte selja taha, nagu ta oli filmides näinud, vaid ette, otse üle kinnitatud turvavöö. „Ma tahan koju minna!"

„Varsti," vastas meeshääl üle Drake'i laulu refrääni.

Pärast umbes kolmekümne minuti pikkust sõitu, mida ta pidas umbes kolmekümneks, peatus ta bensiinijaamas. Ta lukustas naise sisse, lõi siis ukse enda järel kinni ja jättis ta sõnagi lausumata üksi.

Ta vaatas aknast välja, püüdes kõvasti mitte jälle oksendada. Tema röövija või röövija, mis iganes ta oligi läinud sisse. Ta lootis, et ta ei olnud inimröövija, kes plaanis lunaraha nõuda. Tema vanematel polnud raha, et maksta tema tagasituleku eest. Ta keskendus hetkele, märkas, et ustel polnud käepidemeid ja akna avamise nupud ei töötanud.

Teisel pool autot, mis pumpas bensiini, nägi ta meest.

„HELP!" hüüdis ta, andes endast kõik, mis tal oli. Teades, et see võib olla tema ainus võimalus.

Kui mees ei reageerinud, peksis ta oma seotud kõhulihaaval suletud aknale. Siin, selles akvaariumis autos, oli raske mingeid hääli teha. Ta heitis pilgu tagasi ja tema röövija oli naasmas autosse, kaasas purk popsikommi ja kaks šokolaaditahvlit. Kui ta rooli istus, viskas ta talle ühe šokolaaditahvli üle õla. Ta ei suutnud seda kinni püüda, ta vihkas sellist, rääkimata sellest, et oli hiljuti oksendanud.

„Mul on janu," ütles ta.

„Mida sa tahad?" küsis mees, läks siis sisse ja tuli peaaegu kohe välja veepudeliga.

Ta tegi korgi lahti ja ulatas selle naise kätte. Kuigi need olid kinni seotud, suutis naine pärast paari katset vett suhu saada. Tema t-särgi esiosa tilkus vett. Teda ei häirinud see, see pesi osa baarilõhnast ära.

„Aitäh," ütles ta.

Hetki hiljem olid nad taas maanteel. Ta kiirendas, liikus kiirreale ja tema turvavöö sai lahti. Ta paiskus auto tagaosas ringi, nagu üksikud suunata veerevad täringud.

„Lõpeta see, sa hullumeelne!" ütles mees, kui naine püüdis seotud kätega turvavööd uuesti kinnitada.

Rehvid, kui juht vahetas hoolimatult sõidurada. Teised autojuhid vajutasid piduritele, et temast eemale hoida. Siis suundus ta kõrvalteele. Ta vajutas piduritele, peatus. Tõusis esiistmelt, avas tagaukse.

Ta oli valmis, jalad tema poole suunatud, ja lõi teda kogu jõuga ühe suure kahejalgse löögiga. Mees kukkus maha ja naine oli autost väljas, jooksis metsikult, kui üks auto teda tabas, siis veel üks, siis veel üks.

Ta tõusis tagasi autosse ja kihutas minema.

„Rumal tüdruk!" hüüdis ta.

PEATÜKK 10
BRANDY

"**See**juhtus jälle, eks ole?" küsis ema, kui ta Brandy toidukorvi välja aitas. "Mis juhtus seekord?"

"Vabandust, ema," ütles teismeline, kummardudes, et oma kingi kinni siduda. Tema käed tundsid end nii hästi, nüüd, kui need polnud enam seotud.

Ema kummardus ja sosistas: "Kas see oli sama, mis teistel kordadel? Kas sa kukkusid minestama?"

Ta tõusis püsti, vaatas ukse poole.

"Räägi mulle," ütles ema, liigutas tütre enda ette, nii et nad olid lähestikku ja keegi teine ei kuulnud. Pealegi ei olnud nende vahekäigus kedagi teist.

"Ma olin koolis, katsetel. Üks poiss mängis soolot trummidel ja laulis. Ta oli tõesti suurepärane."

"Ja vist ka unistav?" küsis ema.

Ta tundis, kuidas tema põsed muutusid kuumaks. "Mu süda kiirenes, tormas ja mu peopesad hakkasid higistama ning ma tundsin end naljakalt. Järgmine asi, mida ma teadsin, oli see, et olin liikuva sõiduki tagaosas kinni seotud!"

„Kinni seotud? Auto sees? Kelle autos? Kes juhtis? Kuhu te sõitsite?"

„Ma ei tundnud autot ega juhti ära. Ta rääkis kellegagi, kasutades üht sellist käedeta mikrofoni. Ta oli okei juht, kuni jõudis maanteele. Siis sõitis ta nagu meeletu ja ma teesklesin, et turvavöö oli lahti tulnud. Kui ta teelt kõrvale sõitis ja peatus, andsin talle nii kõvasti peksa, et ta kukkus ümber ja ma põgenesin."

„Jumal tänatud, et sa pääsesid minema. Kas keegi peatus, et sind aidata? Ma loodan, et sa said nende numbri, et ma saaksin neile helistada ja neid tänada."

Brandy ei rääkinud, sest ta mäletas autosid, üks, kaks, kolm, kui need teda tabasid ja ta suri. Jällegi. Ja sattus jälle oma ema juurde toidupoodi.

„Räägi mulle," ütles Brandy ema.

„Ma surin - jälle," ütles Brandy "ja sattusin siia. Jällegi."

Ta istus põrandale, või õigemini tema põlved läksid nõrgaks ja ta laskus põlvili. Tema ema järgnes nagu doomino.

Nad istusid koos, käest kinni hoides, ilma et oleksid rääkinud.

PEATÜKK 11
BRANDY SIIS...

„**H**urry up, Brandy!" oli ema viimati öelnud. Viimati, kui tema ainus tütar oli surnud - ja üles äratanud.

Kui enamik vanemaid pidi lastega koos toidupoodi minema - nad ei saanud sealt piisavalt kiiresti välja.

Brandy ei kuulunud nende laste hulka. Ta eelistas poode parkidele, spordile - peaaegu igale tegevusele. Teda poodi viia oli ainus viis, kuidas teda kodust välja saada.

See ei olnud täielikult Brandy süü. Ta oli sündinud haruldase südamehaigusega. Ta pidi sellest välja kasvama. Nii et teiste lastega jooksmine ja mängimine ei olnud tema jaoks võimalus.

Sellest tulenevalt oli ta armastanud kaubanduskeskust, kuid kõige rohkem armastas ta toidupoodi minna. Ja toidukaupade vahekäikudes oli alati üsna rahulik. Välja arvatud üks kord, kui nad jagasid tasuta DVDsid. Brandy muutus nii põnevaks, et ta ei saanud enam hingata, ja teda tuli kiirelt haiglasse toimetada.

Ta oli siis kolmeaastane.

PEATÜKK 12

BRANDY KOHE

Nüüd, kui tema tütar oli neljateistkümneaastane, tundus see üha vähem ja vähem juhtuvat. Siiski mõtles ta, mis juhtub siis, kui ta on liiga suur, et toidukorvi mahtuda.

„Mis sa arvad, miks just siin?" Brandy ema küsis: „Miks alati ainult sina ja mina ja siin?"

„Ma ei tea, ema, aga ühte asja ma tean. Ma tahan sisseoste teha. Ma tahan osta toitu ja jooke ja, ma olen läinud. Jää siia, kui tahad, ma tulen kohe tagasi. Siin, mängi oma telefonis pasiirust. See rahustab su närve ja ostlemine rahustab minu omi."

Naine istus põrandal, kui vankrid tulid ja läksid, keskendudes kogu oma tähelepanu pasiirimängule. Tema tütar tundis teda nii hästi. Siiski püüdis ta mitte muretseda selle üle, kui palju - no kui vähe - ta oma abikaasale rääkida. Ta ei olnud talle rääkinud eelmisel korral, kui ta tütar oli surnud, ega ka eelmisel korral, ega ka enne seda. Ta oli talle ainult öelnud, et nad olid käinud ostlemas ja see oli olnud stressirohke.

„Ma olen valmis," oli Brandy öelnud, tol korral, kui ta oli väike tüdruk, käed täis teravilja ja popkooke.

Siis suundusid nad iseteenindusjärjekorra poole.

„Lase mul seda teha, ema!"

Nii ütles Brandy alati. Talle meeldis vaadata, kuidas kassapidaja iga eset skaneeris. Ja jumal aidaku neid, kui skaneerimine oli vale.

Brandy ja tema ema, kes olid nüüdseks päevaks valmis, läksid tagasi auto juurde. Brandy istus esiistmele ja kinnitas end. Nad sõitsid minema, peatusid vaid korraks autojuhi juures, et saada kaks kuuma jäätist.

„Me saime täna väga hea hinnaga," ütles Brandy siis ja ütles seda nüüd uuesti.

„Ma tean, et sa armastad, aga ma tahaksin ikkagi rohkem kuulda sinu tänasest, äh, vahejuhtumist. Kas sa mäletad veel midagi sellest, mis juhtus? Sa olid vist väga hirmul, olles üksi autos koos võõraga? Ma ei saa aru, kuidas selline asi juhtub. Kas see kord oli teistsugune kui teised korrad? Sa ütlesid, et ühel hetkel olid sa koolibändi proovis ja järgmisel hetkel olid sa autos?"

„Jah, ma ootasin koos teiste õpilastega oma esinemisjärjekorda. Me kõik kuulasime ühte poissi trummidel. Ta oli uskumatu, laulis ja mängis. Ma olin juba peaaegu eesotsas, kui, ZAP, ma olin kadunud."

„Oh, mulle ei meeldi see ZAP."

„Nii see juhtuski, ema. Kõigepealt sügelesid mu käed, siis jalad, käed."

„Sa ei rääkinud mulle varem sellest sügelusest?"

„See juhtub. Tavaliselt ma rahustan ennast maha. Seekord ei toiminud midagi ja, noh, tead, Z-sõna."

„Ma pean küsima, aga kas sa arvad, et võib-olla juhtus see sellepärast, et sa tahtsid vältida esinemist? Ma mõtlen, et kuulamine ise. See ei ole midagi, mida sa väga ei ole tahtnud teha."

Brandy trummeldas sõrmedega ukse käepidemel. „Ma ei hüppaks võõra inimese juurde autosse, et vältida proovi," ütles ta.

„Hea küll, kullake," ütles ema pisaratega. Ta oli öelnud vale asja - jälle. Ta ütles alati valesid asju, kui tegemist oli tema tütre... kuidas ta seda peaks nimetama? Tema tütre reisiseiklusteks.

„Kõik on korras, ema."

Nad sõitsid mõnda aega vaikides edasi. See oli mõnus vaikus.

„Ma tahan teada, kuidas sind aidata," ütles Brandy ema. „Järgmisel korral..."

„Ma tean, et sa tahad, ema, aga sa ei ole seal, kui see juhtub. Ma pean ise hakkama saama."

„Kas on mõni asi, mis alati juhtub - enne sinu kadumist?"

„Ma tahaksin mäletada, ema, aga nagu eelmine kordki, ma ei mäleta." Ta vaatas aknast välja, siis ristas käed.

„Noh, kui me kodus oleme, võid sa harjutada harjutamist. Siis oled sa homseks esinemisprooviks veelgi paremini ette valmistatud."

„See oli ainult ühepäevane eelproov. Nii et mul pole sel aastal mingit võimalust. Pealegi ei meeldi isale, kui ma harjutan, eriti kui ta kodus töötab. Ta ütleb, et see tekitab talle peavalu."

„Isa ei mõtle seda nii," ütles ta. „Ma räägin temaga. Lõppude lõpuks tahad sa ju klaverit mängida, kui tööd, jah? Ma mõtlen, et ühel päeval, pärast kooli lõpetamist. Ja ma helistan su õpetajale - palun erandit reeglist."

„Ma tahaksin kuulda, kuidas see vestlus kulges!“ Ta naeris. „Tere, härra Hopper, ma olen Brandy ema, ja mu tütar, noh, ta ajas koos võõra inimesega kiirustades autosse, siis, suri. Nii et kas ta võiks palun homme teie jaoks ette kuulata?“

„See on julm,“ ütles ema. „Kas sa oled ümber mõelnud, et tahad muusikukarjääri teha? Kindlasti teevad nad õpilastele kogu aeg erandeid?“

„Võib-olla teevad, aga mind see ei häiri. Et ma jätsin selle vahele. Alati on järgmine kõrv. Pealegi tahaksin olla poes, arvan, et sellepärast tulen alati tagasi toidupoodi või riidepoodi. Mäletate seda ühte korda?“

Tema ema noogutas.

„Pärast poekäijat klaverimängija, siis õpetaja,“ ütles teismeline, käed ristamata ja küüsi hammustades.

Ema vaatas talle otsa: „Ära, kullake. Küünte närimine on nii ebahügieeniline.“ Brandy istus kätele. „Sellises järjekorras?“ ema naeris.

„Võib-olla tagurpidi,“ vingus Brandy, kui nad sõiduteele sisse sõitsid. „Isa pole veel kodus.“

Ta kasutas automaatset garaažiukse avajat, ilma et oleks tütrele vastanud. Jah, tema abikaasa oli jälle hiljaks jäänud. Ta tuli igal õhtul üha hiljem koju. Ta ütles, et töö hoiab teda kinni, sundides teda lisaaega tegema ilma ületunnitööd maksmata. Ta vihkas seda, et mees ei tulnud kunagi koju, et näha Brandyt enne magamaminekut. Vähemalt oli neil olnud suupiste valmis. Ta valmistas õhtusöögi, pani ta oma tuppa elama. Nii saaksid ta ja tema abikaasa koos õhtusööki süüa. See oleks tore õhtu, ainult nemad kaks.

„Võta kotid," ütles ta.

„Okei, ema," vastas Brandy, kui nad sisse läksid.

PEATÜKK 13

AUSTRAALIA TAGAMAA

Taoli elanud Austraalia põhjapoolses osas asuvas Outbackis asuvas kastis. Ta oli kaksteist aastat vana, kui ta leiti. Tema keha oli väärarenenud, sest ta istus selja kõverdatud ja põlved ülespoole tõstetud - kastitaoliselt. Isegi siis, kui nad selle lahti murdsid ja ta välja lasid.

Ta ei osanud rääkida või ei tahtnud rääkida. Kuni ta hakkas jälle usaldama. Siis sirutas ta end välja ja tema keha lõdvestus.

Ta eelistas vaikset häält, sosinat. Valjud asjad, igasugused valjud helid hirmutasid teda. Ta värises ja sulgus endasse. Ta otsis ja hüüdis: „Kast!".

Nad hoidsid seda seal, nurgas. Kuni Sydney inimesed ütlesid, et ta ei saa kunagi terveks, kui seda ei hävitata.

Ta aitas neil seda teha, haamriga, mis oli peaaegu sama suur kui ta ise. Kui see puruks purustati, pöörasid ta silmad peas tagasi ja ta oli kadunud. Eemale. Kuskile tema mõttesse. Kättesaadamatus kohas.

Keegi ei teadnud, kes ta oli. Või kellele ta kuulus. Millised vanemad lukustaksid oma lapse kasti nagu looma?

Siiski, teda ei olnud näljutatud. Igatahes mitte toidu pärast. Ja ta ei olnud kuivanud.

Mis tähendas, et keegi oli lähedal. Nad ootasid, metsavahid, ohvitserid, et nad tagasi tuleksid - aga nad ei tulnud. Niisiis, nad pidid teadma, et kastis olev kast oli väljas.

Psühholoogide meeskond oli majas üles seadnud kaamerad, nii et nad võisid Sydneyst eemalt poissi jälgida.

Teised, üle kogu maailma, tahtsid poisi jälgimisse „sisse saada". Mõned kirjutasid väitekirju laste väärkohtlemise, hooletusse jätmise kohta. Nad võitlesid end nimekirja tippu.

Poiss kiikles edasi-tagasi, ilma et oleks sõnagi öelnud. „Box!" oli tema ainus pingutus. Aga ta teadis, mis toimub. Ta kuulis, kuidas nad sosistasid.

Miljonärid, kes tahtsid teda adopteerida. Ta ei läinud kuhugi. Ta jäi paigale. See oli tema kodu.

Poiss, kes polnud kunagi varem voodis maganud - või kui oligi, siis ei mäletanud -, ei tahtnud nüüd voodis magada. Selle asemel keris ta end kokku ja magas põrandanurgas. Tal oli kasu padjast ja tekist, mille nad talle jätsid. Need luksuskaubad jäid puutumata.

Kuni nad otsustasid, mida temaga teha, määrati õde. Austraalias nimetatakse õdesid ka õdedeks. Mõnel juhul on õde ka õde (nunna.) Samuti võib õde, kes on õde, olla vend. Kui nimetatud Õde/Nõde oli mees.

Poisi Õde/Nõde oli lahke daam, kes kandis oma juukseid alati punnis. Ta kandis valget vormiriietust koos sobivate kingadega, mis vingusid igal sammul, mida ta astus.

Kui ta esimest korda püüdis talle tekki peale visata, karjus ta, nagu oleks teda rünnanud vihane pilv.

„Nii, nii," ütles õde. Ta värises, siis tõstis teki üles. Ta viskas selle endale ümber õlgade ja poiss haigutas.

„See on pehme," ütles ta.

Ta kugeldus selle sisse. Nuusutas seda.

„See on väga pehme ja soe," hõikas ta.

Poiss sirutas käe ja puudutas teki serva. Ta silitas seda, nagu oleks see ikka veel lambal, kust see oli pärit.

„Kas sulle meeldib see?" Õde küsis.

Poiss ütles kaks päeva eitavalt, siis lubas ta naisel selle endale ümber õlgade panna. Pärast seda magas ta sellega koos, nagu oleks see olnud elav asi. Kallistas seda nagu last, sosistas talle. Lõpuks leidis ta selles lohutust ja ei lasknud õel seda võtta ega pesta.

Neljandal hommikul, kui poiss oli vaba, hakkasid loomad kogunema õue, kinnistu esisele muruplatsile. Esimesena saabus emane känguru. Ta hüppas veranda trepi alumisele astmele, istus siis kükitades ja jälgis ust. Järgmisena saabus emu ja tegi sama. Seejärel tulid harakas, kakaduu ja galah. Linnud laulsid kordamööda ja nende hääled näisid kutsuvat poissi uksest välja. Varem ei olnud ta kaldunud ust avama ega sealt välja minema. Kuid kui ta nägi loomi ja linde, läks ta kõhklematult välja, et neile vastu tulla.

Õde jälgis teda siidise välisukse tagant. Ta ei armastanud koeri, kasse ega linde - tegelikult hirmutasid need teda -, kuid need metsloomad hirmutasid teda. Ta julges vajadusel välja minna. Ta lootis, et nad saadavad varsti kellegi appi.

Poiss seisis verandal ja hingas õhku sisse. Ta avas käed laiali, laiemalt, siis täitis ta oma kopsud välisõhuga. Ta hingas seda sisse, ahnelt.

Õde, kes soovis, et ta oleks tema enda poeg, jälgis, kuidas tema rindkere oma väikeses kehas laienes.

Siis juhtus see.

Poiss hakkas tõusma, nagu oleks ta olnud õhupall, mis tõuseb lendu, ainult et ta ei olnud õhupall ja ta ei olnud nööril - ta oli noor poiss.

Õde jooksis välja. Ta armastas teda - ja ta oli põgenemas. Tema selja taga põrkas aknauks.

„OOTA!" hüüdis ta, sirutades haaravate sõrmedega mehe järele.

Kui poiss minema lipsas. Tema väikesed jalad tõusid. Viivad teda välja, edasi. Kui kolm lindu teda kandsid, edasi ja edasi.

Ta haaras kinni, kuid poiss oli juba liiga kaugel. Ja nii ta vaatas, kuidas känguruema silmad tõstis.

Ja poiss kukkus alla, ema õlgadele. Ta istus kõrgele, käed ümber kängurule kaela, ja hüppas minema. Nende kõrval hoidis tempot emu.

Õde, teadmata, mida veel teha - jooksis sisse, et võtta oma autovõtmed. Ta käivitas mootori ja järgnes poisile, kuni ei näinud teda enam.

Poiss, kes oli kunagi elanud kastis, oli inimmaailmast ära võetud. Ta oli läinud maailma, kus loomad hoolitsesid omaenda eest. Ja see laps oli üks nende omadest. Ta oli perekond.

Ja poiss laulis laule, häälega, mida ta teadis sügavalt enda seest. Ja ta naeris valjusti ja oli õnnelik, kui ta viidi minema, sinna, kuhu ta südames. Sinna, kus ta oli, see, milleks ta oli alati mõeldud.

PEATÜKK 14

ÜKSILDANE POISS
(LONELY BOY)

Jaapani keelatud metsas kõlas lapse hüüd. Linnud kogunesid, ühinesid lauluga, võimendades üksildase poisi abitaotlust. Kohale jõudis üks pöialpütt, hirmutades ülejäänud linnud eemale. Ta istus lähedal, valvab ja ootab.

Helises autoalarm. Selle ulgumine lämmatas lapse hüüded. Ta oli väikelapse istmes. Sellises, mis oli varem auto tagaistmel.

„Klõps, klõps," ja auto alarm seiskus, piisavalt kaua, et juht kuulis lapse nõrka nutmist. Ta ja tema abikaasa tormasid metsa, kus nad leidsid lapse, kes oli hirmunud ja täiesti üksi. Koos lohutasid nad teda.

Mitu vahtkonnakodanikku jäi vaatama. Hindasid olukorda. Nad korisesid oma sulgi ja säutsusid. Nagu teataksid nad lapse päästmisest otseülekandes.

Naine võttis lapse lahti. Ta hoidis teda tihedalt kinni ja esitas talle küsimusi, millele ta oli liiga noor, et vastata. Küsimusi nagu: „Kus on su Haha, Ko? Kus on su Otosan?" (Tõlgitud: Kus on su ema, laps? Kus on su isa?"

Tema abikaasa otsis ringi. Ta hüüdis. Kui keegi ei vastanud, otsis ta märke. Täiskasvanu jalajäljed. Ühtegi ei leitud.

„Jalajälgi ei ole," ütles ta ja raputas uskumatult pead. Tema jaoks ei olnud mets tema lemmikpaik. Ta eelistas linnu ja müra. See oli tema, kes oli kogemata autoalarmi käivitanud. Ta lootis, et tema naine tahaks lahkuda. Ta oli lubanud talle lõunasööki tema lemmikrestoranis. Siis oli ta kuulnud last ja jooksnud metsa.

Ta oli järgnenud oma naisele, tema ohutuse pärast. Linnas vältisid nad piirkondi, kus röövloomad võisid varitseda. Peibutades pahaaimamatuid, usaldavaid inimesi - nagu tema naine - ohtu.

Mets, see konkreetne mets, elas helidest. Elav, valgusega. Ja laps, nad ei saanud last maha jätta.

„Lähme," ütles ta. „Me viime ta haiglasse, et veenduda, et temaga on kõik korras, ja nad saavad politseist kontrollida, kellele ta kuulub."

Ta hoidis last rinnal, jooksis käega mööda tema selga, nagu ema teeks seda oma lapse puhul. Tema meelest oli ta just see, tema laps. Laps, keda ta polnud kunagi saanud, oli teda kutsunud ja ta oli tulnud keelatud metsa ja nõudnud teda.

„Ta on minu," ütles ta kõigepealt trotslikult, siis vaiksemalt, "ma mõtlen, meie. Meie laps. Poeg, keda sa oled alati tahtnud."

Tema abikaasa vaatas poisile otsa. Ta vajas neid. Ja ta oli liiga väike, liiga noor, et mäletada midagi varasemat. Ta usaldas neid juba. Keegi ei tea, mõtles ta. Ja ometi, kas see oli õige, võtta see laps, kui oma?

„Keegi ei saaks teada," ütles ta naine, nagu oleks ta mõtteid lugenud.

Seda juhtus sageli, pärast kaheteistkümne ühist aastat. Nad mõtlesid sarnaseid asju. Rääkisid samal ajal. Lõpetasid teineteise lauseid.

Nad olid armastav ja stabiilne paar. Koos oli neil nii palju, mida lapsele anda. Ometi ei olnud saatus neile oma last andnud.

Ta ulatas lapse oma mehele ja ootas.

Linnud üleval nägid, kuidas tema käed värisesid. Nad laulsid, julgustades teda last võtma. Aidates tal otsustada, et laps on nüüd nende oma.

Ta nõudis teda juba oma südames ja hinges. Nii oli ka tema abikaasa, kuid ta oli enesehaletsuse vahel rebitud. Ta tahtis teha õiget, mitte isekat asja.

„Kas sa tahaksid tulla meie juurde elama?" küsis ta lapselt.

Kuigi too ei vastanud, suundusid nad kolmekesi tagasi parklasse. Nad panid poisi keskele tagaistmele, eemale turvapatjadest.

Linnud ja öökull noogutasid ja lendasid siis metsa.

PEATÜKK 15

A NAINE

An vana naine kõigub oma toolil, edasi-tagasi, edasi-tagasi, edasi-tagasi. Tema mälestused on mööduvad, nagu pilved. Sageli kättesaamatus kohas.

Segadus liigub sisse. Varsti asendab see kõik tema mõtetes olematusega.

Dementsus ei vali oma ohvreid vastavalt haige soovidele või vajadustele. Selle eesmärk - segadusse ajada. Võõrandada. Kustutada.

Ta oli sellega silmitsi seisnud, kuni ühel päeval läks kõik pea peale.

Nii ta seda nüüd nimetaski, topsy-turvy. Või lühidalt T/T. Teine asi oli olnud halb, muutumas järjest hullemaks. Aga topsy-turvy tähendas, et ta ei olnud hull ja enamgi veel, see tähendas, et ta ei olnud üksi - enam mitte.

Oma mõtetes nägi ta kõike. Mõnikord juhtus see aegluubis, nagu oleks ta vajutanud puldil nuppu. Mõnikord mängisid stseenid uuesti ja uuesti, tagurpidi, ettepoole, loopis. Teinekord oli ta keset toimuvat, jälgides seda vahetult nagu reporter.

Kui see esimest korda juhtus, kartis ta, et talle tehakse haiget või ta tapetakse. Ta oli tunnistajaks mõnele juuksekarva käärivale asjale. Aga kui ta mõistis, et need, kes teda ümbritsevad, ei näe ega kuule teda, siis suutis ta lõdvestuda. Välja arvatud peainglid, nad teadsid, et ta oli seal, kuid nad ei lasknud tema kohalolekust teistele teada.

Nagu siis, kui tema mõistus lendas Hollandisse. Ta oli end sisse seadnud, jälgides väikest tüdrukut. Ta oli hüüdnud, kui laps kaotas nägemise. Ta tundis end abituna, sest ta ei suutnud midagi muud teha kui vaadata. Ka see muutus aja jooksul.

Siis said Lia ja E-Z sõpradeks ja juurde lisandus luik Alfred. Ta jälgis neid, kuulas pealt. Tundsin end nende meeskonna nähtamatu ja kuuldamatu liikmena. Ta jälgis, kuidas nad koos töötasid ja kasvasid tugevateks sõpradeks.

Siis äkki rääkis ta mõtetes Liaga ja väike tüdruk vastas. Rosalie jaoks avanes täiesti uus maailm.

Alguses oli nende vestlus mõnevõrra piiratud. Kuigi vanusevahe oli suur, oli neil kahel mõned asjad ühised. Nagu nende armastus balleti vastu.

Kuna peainglid muutsid reegleid, hoidis Rosalie Kolmikutel veelgi rohkem silma peal. Ometi ei piisanud nendest sõnavahetustest, et tema meelt vaidlustada, et tema meeled hõivata.

Siis avastas Rosalie Teised. Lapsed, kellel olid ainulaadsed võimed teistes maailma osades - ja ta oskas nendega rääkida.

Esimesena oli Brandy, teismeline, kes elas USAs. Siis tuli side Lachie'ga, keda tunti ka kui Poiss kastis. Kolmas, kuid mitte viimane, oli Haruto, kes elas Jaapanis. Haruto oli neist kõige noorem. Kõigil kolmel lapsel olid võimed. Ja ta oli ainus ühendaja.

Praegu hoidis Lia teda ühenduses Alfredi ja E-Z-ga, kuid varsti peaks ta neile kõigile teistest rääkima.

Rosalie värises, kui teenindajad tema toiduga saabusid. Punane tarretis. Tema lemmik. Ta sõi esimese, olles sellele veidi koort peale kallanud. Koort, mis oleks pidanud minema tema kohvi sisse.

Oma peas ütles ta toidu toonud tüdrukule aitäh, sest Rosalie ei suutnud rääkida. Ta ei suutnud rääkida. Tema ainus võimalus suhelda oli peas...

Kolmiku kutsumine tema juurde vanemate elamusse ei tundunud õige asi. Hetkel laseb ta Lial teda saladuseks hoida ning teeb märkmeid Brandy, Lachie ja Haruto kohta ja paneb need raamatusse.

Ta peaks seda varjama, arhivaalide eest. Ta hoiaks salajase toimiku. Ta ei kavatsenud nende laste kohta jälgi kaotada, ükskõik, mis ka ei juhtuks.

„OH!" hüüatas ta, sirutades käe oma voodi kõrval oleva öökapi ülemisse sahtlisse. Talle meenus kingitus. Märkmik, mille esiküljel oli kirjas: „Palju õnne sünnipäevaks!"

Ta kritseldas esimesi lehekülgi. Ei teinud ühtegi õiget sõna, siis kui ta jõudis kolmeteistkümnendale leheküljele. Kolmteist oli tema jaoks alati olnud õnnenumber, ta hakkas kirjutama Brandyst, Harutost ja Lachiest. Kirjutada oli nii palju. Kui käsi valutas, peatus ta, paindus korraks ja läks siis kohe tagasi kirjutama.

Rosalie mõtles, kas peale nende kolme uue lapse on veel teisi lapsi. Kui ta veidi ootaks, võiksid ka nemad temaga rääkida. Oleks parem, kui ta oma saladuse ütleks, kui kõik lapsed oleksid end ilmutanud.

Rosalie oli ettevaatlik, et mitte kirjutada raamatu välisküljele „Saladus" või „Privaatne". Ja ta oli õnnelik, et sellega ei olnud kaasas võtit. Need kolm asja paneksid igaühe, kes märkmikku nägi, seda lugema. Nad hakkaksid uudishimulikuks muutuma, nagu kassid. Tema vanuses oli palju inimesi, kes olid uudishimulikud. Aga nad ei tahaks lugeda pärast seda, kui nad näevad esimesed kolmteist räpakat lehekülge.

Ta lehitses raamatu lõpuni. Rosalie täitis viimased kolmteist lehekülge veelgi räpasemate käekirjadega. Siis pani raamatu ja pliiatsid tagasi sahtlisse ja sulges selle.

Ta naeratas, nõjatus tagasi padjale ja puhkas kätt, mõeldes õhtusöögile. Peamiselt magustoit.

PEATÜKK 16

KUS TE SEISATE?

On üks maailm, milles me elame, maailm, mis on täis nii häid kui ka halbu inimesi. Maailm, mida kontrollivad inimesed, kes on vigased ja ebatäiuslikud. Inimesed, kes ei ole robotid... Ei ole programmeeritud olema head või halvad.

Me õpime oma elu, sellest, mida me näeme, mida me märkame, mida meile õpetatakse ja milleks me muutume.

Me õpime nendest alustest, mis on meile pandud. Kui me kasvame ja laiendame oma silmaringi, tuleb teha valikuid.

Meie asi on rakendada õpitud teadmisi. Valida vale ja õige vahel.

Läbi aegade on suuri inimesi petetud. Suured ja võimsad inimesed. Isegi täiskasvanuid.

Mõnikord on otsus lihtne. Ilma hallide aladeta. Mõnikord on jõud, mis ei ole meie kontrolli all, mis juhivad meid. Teised suruvad meid oma eetikakoodeksit järgima. Mõnikord on ootamatuid elemente.

Ütleme, et oleme teel ja keegi paneb teetõkke. Me võime selle maha võtta või peatuda ja oodata, et inimene selle eemaldaks. Me võime valida.

Elu seisneb valikutes. Valikud, mida me teeme, võivad meid elu jooksul rivistada. Me järgime seda teed, mille tellised on meie heade otsuste põhjal paika pandud.

Või me võime lasta end eksitada. Narrida. Pettustama meid, et minna vastuollu sellega, mida me teame, et see on tõsi.

Kui see juhtub, võib kõik kukkuda alla - nagu doomino.

Ja meie tegevusel - või tegevusetusel - on tagajärjed. Mitte ainult meile endile. See, mida me teeme, mõjutab teisi.

Ja lõpuks, pärast meie surma, oleme kõik kinni püütud ja hoitud oma Hingepüüdjate käes.

Fuuriad - kolm kurja jumalannat - võtavad hinge püüdjate üle kontrolli.

Hingepüüdjad satuvad kõrgele.

Hinged lendavad ringi ilma koduta.

Kodutud hinged.

Kaos on silmapiiril.

Kus sa seisad?

PEATÜKK 17

ROSALIE VALGES ROOM

Rosalie avas silmad. Oli söögiaeg ja ta oli palunud hommikusöögitaldrikut. Tema tuba oli teel söögisaali. Kui toitu sinna kanti, tundis ta peekoni lõhna. See pani tal suu vett jooksma. Ja kohvi. Ta ootas oma järjekorda. Tal ei olnud muud valikut kui oma järjekorda oodata.

Ta teadis, et elanikke eelistatakse toita söögisaalis. Ta mõistis, et on vaja kinni pidada ajakavast. Siiski teadis ta, et nad jõuavad tema juurde - lõpuks. Vanadekodus, kus ta elas, oli see alati nii.

Ta vaatas kardinali oma akna taga puu otsas ja kaalus voodist üles tõusmist, et seda lähemalt vaadata. Aga kui ta viskas teki tagasi ja astus vaibale - ta tundis end imelikult. Hämmastav.

Ja maandus Valges toas.

Midagi polnud muutunud sellest ajast, kui E-Z oli seal olnud. Ja Rosalie'l ei läinud kaua aega, et leida jalad ja hakata uurima.

Kui ta sõrmedega mööda raamaturiiuleid jooksis, tekkis tal déjà vu tunne. Kas ta oli selles toas varemgi käinud?

Ta liikus toa keskele ja pöördus ringi. Raamaturiiulid jätkusid ja jätkusid. Nii kaugele, kui silmaga näha oli. Nende kõrgus tekitas temas pearingluse ja ta soovis istuda ja hinge tõmmata.

BINGO

Tekkis mugav tool ja ta laskus sinna. Ta nõjatus selili, siis mõistis ta, et toolil on rattad ja seda saab keerata, ja keeras seda. Ja keeras seda. Siis sulges ta silmad ja puhkas. Ta oli õnnelik, et polnud veel hommikusööki söönud, sest tema kõht oli veidi ebameeldiv, kui tema kohal liikus midagi.

Või oli ta seda ette kujutanud.

„Sina seal!" hüüdis ta, osutades millegi ja kellegi peale. „Ma nägin, kuidas sa liikusid, sina, sa väike... mis sa ka poleks, tule välja, tule välja," meelitas ta.

Otsustades, et ta oli seda ette kujutanud; ta läks tagasi oma ümbrust uurima. Ja mõtles, kuidas ta siia oli sattunud.

„Kas ma olen tagasi oma toas, kujutades end siin olevaks?" Ta kaevas küünte abil tooli käetoele. Ta jälgis, kuidas need kraapisid nahkpinnale jälgi. Jäljed olid kerged kriimustused, piisavalt kerged, et neid saaks väikese hõõrumisega eemaldada. Lõppude lõpuks oli ta külaline ja külalised peaksid alati hoolitsema selle koha eest, mida nad külastavad. Muidu ei kutsuta neid enam tagasi.

Tema kohal liikus jälle midagi. Seekord saatis seda tiibade laperdamise heli. Kas lind oli seal ülal lõksu jäänud, suutmata sealt välja pääseda?

„Ma tulen, väike," ütles ta, tõusis püsti ja kõndis redeli poole.

Puitkonstruktsioon, nagu oskaks ta mõtteid lugeda, veeretas üle põranda ja peatus tema jalge ees.

„Hüppa peale!" ütles see.

Rosalie tegi seda, ja alles siis, kui see ise liikus, sai ta aru, et see asi oli temaga rääkinud.

„Uh, aitäh," ütles ta, kui see peatus.

„Tere tulemast," ütles redel. „Kas otsite mõnda konkreetset raamatut?"

Rosalie naeris. „Ma arvasin, et kuulsin lindu. Shhhh."

Redelaps naeris. „Siin ei ole ühtegi lindu, proua. See heli, mida te kuulete, tuleb raamatutest."

„Raamatutest, millel on tiivad?" ,Jah,' vastas redel. Siis: „Teie seal! Tule siia!"

Rosalie vaatas, kuidas paks must raamat end riiuli servale lükkas. Siis võrsusid selle esi- ja tagaküljelt tiivad. Kui lendas alla ja maandus Rosalie kätte.

„Oi!" ütles ta, vaadates raamatu selgroogu. „Ma arvan, et olen seda juba lugenud."

DWOING.

Raamat kiskus tema käest välja ja naasis ise oma esialgsele kohale riiulil.

„Vabandust," ütles Rosalie. Siis redelile: „Loodan, et ma ei solvanud härra Dickensi."

„Kui te nüüd minuga valmis olete," ütles redel, "siis lubage mul soovitada, et te hüppaksite maha."

„Vabandan, et raiskasin teie aega," ütles ta.

„Te ei ole seda teinud. Mul on hea meel, et olin abiks."

Rosalie astus alla ja redel kiirustas ruumi teisele poole.

Rosalie katsus oma otsaesist, ei, ta ei olnud palavikus. Tema veresuhkru tase oli vist liiga madalale langenud. Ja nüüd ei saaks ta süüa, veel tundide kaupa. Ja see varas Agnes Lindsay varastaks tema hommikusöögi. Ta hiiliks tema tuppa ja sööks sellest kõik ära. Kui teenindajad tagasi tuleksid kandikule järele, arvaksid nad, et Rosalie on selle ära söönud. Rosalie ja Agnes olid vandevihased.

Et oma korisevast kõhust eemale juhtida, keskendus Rosalie raamatutele. Eriti ühele raamatule. Raamatule, mida ta oli väiksena armastanud ikka ja jälle lugeda. Selle nimi oli „Anne of Green Gables", mille autor oli... Ta ei suutnud meenutada autori nime.

„Lucy Maud Montgomery," ütles redel, kui ta tema kõrvale kiirustas. „Hüppa üks," ütles see.

„Ah, tänan teid pakkumise eest, aga ma olen liiga näljane ja võib-olla ka liiga uimane, et teie peale ronida."

„Võtke istet," ütles redel, "sealpool." Siis vilistas redel ja kõrgel riiulitel liikus raamat edasi. See ajas esi- ja tagaküljele tiivad ja lendas Rosalie kätte. Ta kallistas selle rinnale.

„Aitäh," ütles ta.

„Kas see on kõik?" küsis redel.

„Jah, kui teil ei ole kuskile siia tuppa peidetud lisalugemisprille."

BINGO.

Tema prillid ilmusid ja istusid täiesti sirgelt tema nina peale.

Redel pöördus tagasi oma endisele kohale.

Rosalie pahkluud valutasid.

BINGO.

Tema jalgade all paiskus seisma.

Ta avas raamatu. Sees oli raamatu nimekaim Anne Shirley visand. Ta jooksis sõrmega mööda väikese orvuks jäänud tüdruku punaste juuste piirjooni.

Anne virutas Rosalie'le silma. Too pilgutas silmi ja naeratas siis vastuseks. Ta oli interaktiivsetest raamatutest varemgi kuulnud, aga see oli vinge!

Ta voltis värisevate kätega Kanada kaarti lahti, tema silmad järgisid nooli, mis viisid prints Edwardi saarele. Meeles kõndis ta vahemaad - jõudis Green Gablesi. Maja ees seisid Cuthbertid. Nad ootasid Anne'i.

Ta keeras lehekülge ja asus lugema. Naerdes iga raskuse üle, millesse Anne sattus.

Siis korises Rosalie kõht ja ta soovis midagi väga ebaloomulikku. Jell-o salat. Midagi, mida ema talle väiksena erilistel puhkudel tegi. Tema lemmikosa oli vahukoor peal.

BINGO.

Tema ees seisis vikerkaarevihmasalat, mille peal oli lusikatäis vahukoort. Ta arvas, et lusikas ja

BINGO.

Üks ilmus. Aga siis meenus talle, kuidas ema ja isa teda sõimasid, kui ta oma magustoidu esimesena ära sõi. Ta mõtles kartulipüreele. Aurav kuum ja peal sulav või. Oh, ja lihapraad ketsupiga. Ja värskelt aiast korjatud herned.

BINGO.

Tema ees oli suur kauss kartulipüreed. Või sulas külgedel. See oli kunstiteos. See nägi peaaegu liiga hea välja, et seda süüa.

Selle kõrval oli ruudukujuline lihapraad, mille peal oli ketšupitükike.

Ja eraldi kausis herned. Peal oli piparmündi okas.

Ta naeratas. Väikese tüdrukuna ei meeldinud talle, et ta oma toiduaineid puutub. Selles toas teadis kokk, mis talle meeldib.

Aga kokk oli unustanud talle söömisvahendid anda. Ta kujutas ette nuga ja kahvlit.

BINGO.

Ka need jõudsid kohale. Ta sõi ahnelt. Ettevaatlikult, et mitte kahjustada Anne of Green Gables'i. Kaitsevajadust tundev raamat lendas üles ja hõljus õhus, kus Rosalie sai selle hõlpsasti kätte.

Rosalie sõi kõik ära, kaasa arvatud želatiinisalat, mis lusikaga kobises.

Kui ta oli lõpetanud

BINGO

kadusid nõud, söögiriistad jne.

Pärast mõningaid hetki, mil ta oli tänulik toidu eest, vaatas ta raamatule otsa.

Kui lendas tema juurde ja ta jätkas lugemist.

Lugedes ja oodates.

Mida või keda ta ootas - ta ei teadnud.

PEATÜKK 18

CHARLES DICKENS

nglismaa Londonis kukkus taevast alla metallkonteiner.

Konteiner ise ei olnud pikk ega silohõnguline. Tegelikult meenutas see kõige rohkem kapslit. Erinevus oli selles, et see ese oli ruudukujuline ja tal puudusid aknad. Akende asemel oli see igast küljest peegelpildiga. Kuna see oli ka lame, siis veepinnale sattudes libises see tohutu jõuga üle vee. See maandus Thamesi jõe kaldal.

Seda kõike jälgisid kaks detektoristi, kelle nimed olid John ja Paul. Mõlemad mehed olid kolmekümnendates aastates. Nad teenisid elatist detektoristide kasumist. Seetõttu peeti neid professionaalseteks detektoristideks.

Detektoristide tööaeg oli erinev. Nad olid füüsilisest isikust ettevõtjad ja vastutasid oma tööriistade hooldamise ja haldamise eest.

Detektorile oli vaja palju tööriistu. Ta ei tahtnud olla kaevamistel ettevalmistamata. Enamik kandis igal pool kaasas tööriistakasti. Selle sees olid hädavajalikud esemed. Kui nimetada vaid mõned: kõrvaklapid, vihmakatted, rakmed, kaevetööriistad, labidad, tööriistavöö, põll (taskutega), veekindel kotike, seljakott, prügikott.

Enamik Johni ja Pauli kaevamistest oli Londonis, The Thamesi ääres. Nagu seadus nõuab, olid neil kaasas Standard ja Mudlark load. Need anti Londoni Sadamaameti poolt.

Luba lubas neil vajadusel kaevata 7,5 cm sügavusele (redel oli vajalik, olenemata sellest, kas kavatsed kaevata või mitte).

Nelinurkse objekti puhul - mis oli nende ette maandunud - tuli mõelda. Enne, kui nad selle kätte tõid ja selle kohta nõude esitasid.

„Tahate lähemalt vaadata?" Paul küsis.

John, kes ei öelnud eriti midagi, noogutas.

Nad trügisid edasi, tööriistad käes. Nende jalatsid pritsisid ja pritsisid, tõrjudes iga sammuga muda ja vett välja. Jõekallas oli pärast mitu päeva kestnud vihma sageli väga mudane.

„Nõue!" Paul ütles.

„Üsna õiglane," ütles John.

Kuigi nad mõlemad olid seda täpselt samal ajal näinud, teadis ta, et see oli ka tema nimel nõudmine. Nad olid partnerid, olid alati olnud ja miski ei muudaks seda kunagi.

Mõlemad trügisid edasi, kuni jõudsid selleni. See oli nagu ruudukujuline peegelpall ja kui nad püüdsid seda uurida, nägid nad selles vaid omaenda peegeldusi.

„Ma vajan juukselõikust," ütles John.

Paul irvitas, kui ta saapa varvaga külge puutus. „Peab olema mingi võimalus seda avada," ütles ta.

„See on liiga suur, et me saaksime selle ümber keerata," ütles John, kui ta võttis taskust mõõdulindi ja mõõtis ühe külje kõrguse. Ta näitas Paulile tulemust, mis näitas: 60 sentimeetrit.

Nad kõndisid ümber objekti. Peatusid aeg-ajalt koputades, koputades. Hoolikalt, et nad ei paneks peegelobjektile mudaseid sõrmejälgi. Aga lootes, et nad puudutavad mingit salanuppu ja paiskavad selle lahti.

Ja kuulates. Et veenduda, et see ei tiksu.

„Äkki peaksime selle muuseumisse viima või teatama oma avastusest?" Paul tegi ettepaneku. „Nad saadaksid kaasa veoauto või kraana, et see üles võtta ja transportida. Pärast seda, kui pommigrupp seda vaatab."

John raputas pead.

„Kui nad saadavad pommirühma kohale, siis nad lasevad selle õhku. Purunenud klaasi on igal pool ja meie nõue on kasutu."

„Tõsi, tõsi," ütles Paul. „Need tüübid armastavad asju õhku lasta. Ma mõtlen, et see on eelis, kas pole?"

„Ma arvan, et jah. Mida me nüüd peaksime tegema? See ei tiksu. Selles osas on meil kõik selge."

„Jah. Ei ole vaja meeskonda," ütles Paul. Ta kõndis ümber objekti, käed selja taga. See oli tema mõtlemiskäik. John järgnes talle selja taga, järgides tema samu samu samme, käed selja taga.

Paul ütles: „Me peame välja selgitama, mis see on ja kui vana see on. Me peame ainult teatavaid asju nõudma 1996. aasta aardeseaduse järgi. See ei näe välja nagu kuld või hõbe ja kindlasti ei tundu see üle kolmesaja aasta vana. See leid võib olla meie ja ainult meie oma, s.t. me ei pea sellest ehk kohalikule FLO-le (leiukohtade kontaktametnik) teatama.

„Kindlasti mitte kuld või hõbe," ütles John, koputades metallesemele ja kuulates. See kõlas õõnsalt. Ta koputas seda mitmel pool ja kuulas.

Nende kohal ilmus kaks tuld.

Üks oli roheline ja teine kollane.

Need maandusid eseme peal.

„Huus!" Paul ütles.

„Kas me läheme hulluks?" John küsis pead kratsides.

„Ei usu," vastas Paul.

Tuled tõusid ja hõljusid ringi. Mõlemad langesid konteineri jalamile. Kui nad asetsesid, tõstsid tuled selle üles ja hoidsid seda paigal. Sekundeid hiljem hakkas see pöörlema, algul aeglaselt, siis kiiremini. Varsti pöörles see kõrgel kiirusel. Pööreldes hakkas see kõrgel häälel laulma.

Detektoristid langesid põlvili ja varjasid oma kõrvad kätega. Nende kehasid valdas iiveldus, mis ei erinenud merehaigusest. Ja nad olid väga hirmul.

„Mis toimub?!" John karjus.

„Ma arvan, et asi koorub!" Paul vastas.

Kui konteiner maale kukkus, pulbitses. Raputas. Värises. Kui peegelkast avanes, osa sellest laskus nagu tõmbesild rohtunud jõekaldale.

„Arrrgggggh!" hüüdsid detektoristid.

Nad ootasid, vaadates läbi sõrmedevahelise ruumi. Enam ei huvitanud neid asja nõudmine. Ei olnud enam huvitatud selle väärtusest.

Välja astus noor poiss.

„See on laps," ütles Paul püsti tõustes.

John tõusis samuti püsti ja pani käed puusadele.

„Oota," ütles Paul. „Ta on riietatud nagu üks neist Oliver Twisti lastest."

„Ma olen uuesti sündinud," hüüdis poiss, kallutas oma mütsi ja pani selle siis uuesti pähe. Ta sirutas end, haigutas ja vaatas siis oma ümbrust. „Vaata, seal! Parlamendi hooned. Nad on muutunud sellest ajast, kui ma neid viimati nägin. Ja kuulge," ütles ta, kui kell lõi kord, kaks korda kolm korda. „Miks on nad Suure Kellukese puuri pannud?" küsis ta.

„Mida sa mõtled puuri? Ja selle nimi on Big Ben," ütles Paul. „Ja miks oled sa nii riietatud? Kas te osalete kostüümipidudel?"

Poiss patsutas oma vestide esikülge. Ta kontrollis, et ta vest oleks täielikult kinni nööpitud ja et püksisääred oleksid täielikult allapoole tõmmatud. Ta oli harjunud kandma pigem lühikesi pükse ja pikemad püksid tahtsid alati kokku tõmbuda. Tema peas oli müts, mille ta enne, kui uuesti kõneles, maha võttis.

„Kas te teate teed Portsmouthi?" küsis ta. „Ema ja isa muretsevad minu pärast."

Detektoristid vaatasid teineteisele otsa, kuid kumbki ei rääkinud. Ükskord elus olid nad sõnatuks jäänud.

„Ma lähen," ütles poiss, pannes mütsi uuesti selga.

POP.

POP.

Hadz ja Reiki jõudsid kohale ja blokeerisid lendasid otse poisi silme ette.

„Charles Dickens, sa pead jääma nende kahe mehe juurde. Nad viivad sind sinna, kuhu sa pead. Sa pead olema koos E-Ziga."

„Mida nad ütlesid?" John ütles, hõõrudes kõrvu. „Ma arvan, et ma lähen hulluks."

„Nad ütlesid, et ta on Charles Dickens. Charles Dickens! Ja et me peame aitama teda E-Z-i, kes ta ka poleks, kui ta kodus on," vastas Paul.

Charles Dickens. THE Charles Dickens. Muidu tuntud kui E-Z ja Sami kauge sugulane... Kallutas mütsi kahe haldjasarnase olendi poole. „Mul oli kunagi üks raamat, mille kaanel oli Grimmi haldjas. Kas sa tunned teda?" küsis ta.

Hadz ja Reiki kikerdasid, siis kadusid.

POP

POP.

Charles Dickens pani mütsi uuesti pähe: „Ma lähen Portsmouthi." Ta hakkas kõndima.

„Ei, sa ei lähe," ütlesid detektoristid üksmeelselt.

„Muidugi olen," ütles ta.

„Portsmouthi on pikk jalutuskäik," ütles John.

Nende taga hakkas peegelkuubik värisema ja kolisema. Siis kõneles see: „See cybus autem speculatam hävitab end ise 5, 4, 3, 2, 1, 0."

Detektoristid löödi maha, kattes oma pead kätega.

POOF.

Ja see oli kadunud.

„Uhh!" Dickens ütles. Siis osutas ta Londoni silma poole. „Mis kuradi asi see on?" küsis ta.

Detektoristid jooksid Charlesi ette. Juhtides teed ja puhastades teed. Nagu kaks jalgpallikaitsjat hoidsid nad teda turvaliselt. Vältisid jalgrattaid, jalakäijaid ja hulkuvaid koeri. Suunasid teda teistele radadele, et vältida trammide, taksode ja rollerite liikumist.

„Seda nimetatakse London Eye'ks ja sinna üles saab näha kilomeetrite kaupa."

„Kas me saame varsti midagi süüa?" Charles küsis kõhtu hõõrudes.

„Miks mitte tulla meie juurde ja juua kõigepealt tassike teed," küsis Paul. „Mu ema teeb väga head teed ja võib isegi mõne küpsise sisse visata."

„Kõlab hästi," ütles Dickens. „Siis pean ma koju minema. Ema hakkab imestama, kus ma olen. Ma ei tohi hilja väljas olla, ja arvestades, kus päike on, eeldan, et see läheb varsti alla."

Kui nad Convent Gardens'ile lähenesid, märkas Dickens tahvlit. „Vaadake siia," ütles ta. „Minu nimi on siia kirjutatud."

John ja Paul vaatasid Charles Dickensit.

„Mida?" ütles ta.

„Sinust saab kõigi aegade kuulsaim Briti kirjanik," ütles John. „Ja Oliver Twist on üks teie kuulsamaid tegelasi."

„Kas see on nii?" Charles küsis.

„On," ütles Paul. „Ja ma ei taha sind solvata või midagi, aga tead, William Shakespeare on ka päris kuulus," ütles Paul.

„Shakespeare oli näitekirjanik. Kas ma kirjutasin näidendeid?" Charles küsis.

„Ei, sa kirjutasid romaane. Noh, võib-olla oli sul siis õigus."

Nad jõudsid Pauli juurde. „Ema, see on Charles Dickens," ütles ta.

Ta oli köögis, seljas pinny (põll) ja ta pühkis enne Charlesi käepigistamist käed selle esiosasse.

„Kas sa oled sugulane selle Charles Dickensiga?" küsis Pauli ema.

„Tore sind jälle näha," ütles John teemat vahetades. „Kas ma võiksin olla nii ebaviisakas, et paluksin tassi teed koos leiva ja võiga?"

„Teie kolm minge sisse ja istuge, ma toon selle kohe sisse," ütles naine ja ajas nad oma köögist välja.

Nad asusid esikusse. Paul istus akna lähedal, et ta saaks läbi võrkkardinate välja vaadata.

Vahepeal mõtlesid John ja Paul sarnaselt. Kuidas nad olid avastanud Charles Dickensi ja kuidas nad võiksid sellest veidi raha teenida.

Paul otsis, millal Charles Dickens suri Charles Dickens? Vastus: 1870. Ta näitas Johnile ekraani.

„Miks sa tahtsid Portsmouthi minna?" John küsis.

„Ma elasin seal varem," ütles Charles.

„Kas sul on veel raamatuid,“ küsis Paul. „Ma mõtlen raamatuid, mida sa pole veel avaldanud?“

„Ma ei tea,“ ütles Charles. „Kas ma olen palju raamatuid kirjutanud?“

„Jah, kindlasti oled, Charles,“ ütles John.

„Kas mõni hea?“ Charles uuris.

„Ma lugesin Oliver Twisti, kui olin poisike, ja ka Suurt ootust. Suurepärased, aga minu jaoks natuke pikad,“ ütles Paul.

„Jõululaul oli hea,“ ütles John. “Mitte liiga pikk ja suurepärane õppetund.“

Paar minutit oli toas vaikus.

„Ma pean leidma selle Ezekiel Dickensi - või nagu ta sõpradele tuntud on E-Z,“ ütles Charles. „Ma ei tea, kust ma seda tean, aga ma arvan, et ta elab Ameerikas.“ Ta haigutas ja suutis vaevu silmi lahti hoida.

Pauli ema tuli sisse, kandes maiuspaladega täidetud kandikut. Kõik sõid täis ja varsti jäi Charles toolile magama.

„Ah, pisikene magab sügavalt,“ ütles Pauli ema, kui ta talle teki peale pani.

„Ta on nii väike,“ ütles ta.

„Aga ta on üks suurimaid kirjanikke.“

John heitis vahele: „Kirjutamine on tal veres, nii et temast võib ühel päeval saada suur kirjanik.“

Pauli ema naeris ja läks siis üles oma tuppa, et natuke telekat vaadata.

Vahepeal arutasid Paul ja John, mida nad peaksid Charles Dickensiga tegema.

„Kahju, et me ei saa teda hoida,“ ütles John.

„Noh, ma ei usu, et muuseum teda vastu võtaks,“ ütles Paul.

Mõlemad leppisid kokku, et uurivad Charles Dickensi kohta internetis.

POP

POP.

John ja Paul jõllitasid ettepoole, nagu oleksid nad maganud. Kuigi nad olid kaugel. Hadz ja Reiki laulsid neile laulu, mis kõlas umbes nii:

„Charles Dickens on ainult poiss.

Ta ei ole detektoristide mänguasi.

Aidake tal leida oma nõbu USAs.

Tehke seda hommikul või me paneme teid maksma!“

See laul käis Johannese ja Paulsi peas ringi, kuni nad teadsid, mida nad peavad tegema.

„Me leiame E-Z Dickensi,“ ütles Paul.

„Jah, see on õige asi," ütles John.

POP

POP.

Ja nad olidgi läinud.

PEATÜKK 19

ROSALIE IGAV...

Rosalie oli väsinud Anne of Green Gables'i lugemisest. Mida vanemaks ta sai, seda raskem oli tal pikalt ühele asjale keskenduda. Ta võttis prillid maha ja soovis, et tal oleks silmade katmiseks lavendlivärviline mask.

BINGO.

Lavendlilõhnaline pehme mask varjas valgust ja rahustas tema väsinud silmi.

„See on nagu maagiline džinn siin sees!" ütles ta, siis sulges ta silmad ja vajus unne.

Kui ta mõni aeg hiljem ärkas ja maski maha võttis, oli ta taas oma voodis vanemate elukohas. Kas ta oli hull või oli ta mõttega reisile läinud?

Rosalie tundis end pisut külma, ilmselt tänu külmale steriilsele keskkonnale, milles ta elas. Teatud kellaaegadel langes temperatuur.

Neil aegadel märkas ta, et elanikud olid oma tubades, samal ajal kui osavõtjad korrastasid. Kuna nad tegid kõvasti tööd, ei märganud nad külma. Mitte nagu eakad, kes ei teinud midagi.

BINGO.

Tema riidekapi alumine sahtli avanes ja tema pehme ja kohev punane kampsun lendas tema poole. See stabiliseerus, samal ajal kui ta oma käed sinna sisse pistis. Ta kugeldas end selle soojust tundes, kui asi end kinni nööpis.

„See on üsna kummaline sündmus," ütles ta.

Ta istus vaikselt, unistades kuumast teetassist rohke suhkru ja piimaga.

BINGO.

Lähedal asuvale lauale jõudis uhke lilledega teekann. Kui tee oli keenud, valas ta end sobilikku teetassi, lisas kaks suhkrutükki ja lonksu piima.

„Kolm tükki, palun," palus Rosalie.

Kolmas tükike lisati.

Tee tass taldrikul hõljus tema poole.

„Kuidas oleks ühe või kaks saiakest?" küsis ta.

See peatus keset õhku.

BINGO.

Nüüd oli taldrikul kaks saiakest.

„Sa unustasid teelusika!"

BINGO.

„Aitäh," ütles ta, ikka veel mõeldes, kas tal on hallutsinatsioonid ja/või ta on hulluks läinud.

Tee oli ikka veel kuum, mitte liiga kuum. Magus, mitte liiga magus. Ja see sobis suurepäraselt koos saiakestega.

Kui ta oli viimse tilga tassist välja joonud....

BINGO

See kadus talle otse käest.

Ta mõtles, kui kaua need võlutrikkid või tema kujutlusvõime trikid veel kestavad. Kuni need kestsid, nautis ta neid täiel rinnal.

„Oot, oodake korraks!"

Talle tuli raamat meelde. See, mida ta ei tahtnud, et keegi saaks lugeda.

„Kas sa saaksid," küsis ta õhku, "parandada seda, et teine, kes saab minu raamatut lugeda." Ta sirutas käe sahtlisse ja hoidis seda üles. „Nii et peale minu saavad seda lugeda ainult Lia, Alfred ja E-Z. Keegi teine. Kui keegi teine selle leiab ja lehitseb lehekülgi, on need kõik tühjad."

Ta ootas märki. Või häält, kuid seda ei tulnud.

Ta pani raamatu tagasi sahtlisse, keeras selle ümber ja läks jälle magama.

POP

POP

„Kas ta juba magab?" Hadz küsis.

„Ma arvan, et jah. Ta norskab!"

„Ettevaatust, et teda mitte äratada. Aga me peame ta pardale tooma - ma mõtlen, ametlikult."

„Peainglid andsid talle võimed, et ta jälgiks Liat, E-Z-d ja Alfredi. Nad teavad temast," meenutas Reiki.

„See on tõsi, ja ta on neile lastele lojaalne. Ja teistele. Peainglid ei tea neist midagi erilist - ja ma arvan, et nii ongi parem."

„Nõus. Niisiis, mida me peame tegema. Et see nii oleks?"

„Rosalie," sosistas Hadz otse tema vasakusse kõrva. „Sa tahad ju aidata Liat, E-Z-d ja Alfredi, eks ole?"

„Jah," kurtis Rosalie.

Reiki rääkis. „Ja mis saab teistest? Kas sa oled nõus neid kaitsma? Isegi peainglite eest?"

„Jah," vastas Rosalie.

„Väga hea," ütles Reiki. „Nüüd anname talle mälestuse hoogu juurde. Me ju ei taha, et ta unustaks, mida ta on nõus tegema, või?"

Hadz ja Reiki laulsid laulu,

„Mälestused on ilusad asjad.

Mis hõljuvad ringi nagu suitsurõngad.

Tagasi ja edasi, edasi ja tagasi

Las Rosalie mälestused hoiavad teda õigel teel.

Maagia, maagia õhus ja meres

Seob meie lepingu Rosaliega.“

POP

POP

Hadz ja Reiki olid kadunud, samal ajal kui kallis vana Rosalie norskas edasi.

PEATÜKK 20
COUSINS

In Inglismaal hommikul, kui veekeetja kees, valmistusid John ja Paul. Arvuti oli sisse lülitatud ja otsingumootor avatud.

„Ma teen teed,“ ütles John.

„Ma hakkan kirjutama,“ ütles Paul, kui ta sisestas otsinguribale Ezekiel Dickens. „Oh,“ ütles ta. „See oli nüüd ootamatu.“

John saabus, kandes kandikul teed, suhkruklotsid kausis, kuuma võiga röstitud röstsaia, küljes purk marmelaadi.

„Leidsid midagi,“ küsis ta.

„Vaadake seda,“ ütles Paul, keerates ekraani ja segades suhkruklotsid oma teesse.

See oli „Kolme superkangelase“ veebileht. Nad vaatasid, kuidas E-Z ennast tutvustas, millele järgnesid Lia ja Alfred.

„Kas see on seaduslik?" küsis John. „Nad näevad välja nagu kolm tegelast multifilmivõrgustikust."

Siis algas taasloomine veermiku päästmisest. Paul vajutas PAUSE. Ta avas teise akna. Kirjutas lõbustuspargi päästetööde E-Z Dickens. Avanes ajaleht, kus oli artikkel selle kohta. „See on seaduslik," ütles ta.

„Nii et Charlesi sugulane on superkangelane?"

„Kas sa arvad, et me üldse sarnaneme?" Charles küsis. Ta oli ikka veel poolunes ülisuures pidžaamas, mille nad olid talle magamiseks andnud. Ta võttis taldrikult viilu röstsaia ja hammustas sinna sisse.

„Teil mõlemal on Dickensi nina," ütles John.

Charles vaatas pausile jäänud osa lähemalt.

„Lähtudes sellest, millal te sündisite," ütles Paul googeldades, "1812. aastal kuni tänaseni, oleks E-Z teie seitsmes või kaheksas võõras nõbu."

„Mida tähendab see, et nõbu on eemaldatud?"

„See tähendab, mitu põlvkonda teie vahel on," ütles John.

„Niisiis, minu esivanem on Superkangelane. Mis on superkangelane? Kas see on nagu Sir Gwainis ja Rohelises rüütlis?"

„Ah, ma mäletan, et ma lugesin seda koolis, kui olin poisike, jah, rüütlid ja superkangelased on sarnased,“ ütles Paul.

John keris alla, et vaadata, kas E-Z Dickensit on mujalgi mainitud. YouTube'is olid videoklipid, kus ta mängis pesapalli enne, kui ta oli ratastoolis, ja pärast seda.

„Ta on päris sportlane,“ ütles John. „Ja ta teeb ratastoolis sporti.“

„See mäng näeb välja nagu Rounders,“ ütles Charles.

„Oo, oodake, siin on midagi tema vanemate kohta,“ ütles Paul.

Nad lugesid E-Zi vanemate järelehüüdeid, nende elu võtnud õnnetuse kohta.

„Vaene poiss,“ ütles Charles. „Vähemalt on tal nüüd isa vend Sam, kes tema eest hoolitseb.“

„Miks me talle lihtsalt ei helista?“ Paul küsis. Ta klappis telefoni lahti, helistas infolehel.

Charles vaatas üle õla, samal ajal kui Paul sinna sisse rääkis ja naise hääl vastas. „Mul on vaja tassike teed,“ ütles ta.

John läks kööki ja tõi talle ühe.

Vahepeal küsis Paul Põhja-Ameerikas asuva Ezekiel Dickensi numbrit. Kui ta oli valinud ja telefon hakkas helisema, pani Paul selle valjuhääldisse.

„Tere," ütles Sam.

Charles peaaegu kukutas oma tassikese teed.

„Äh, tere, minu nimi on Paul ja ma helistan Londonist, Inglismaalt. Ma tahaksin rääkida Ezekiel Dickensiga, palun."

„Ma olen tema onu, tohib küsida, millega on tegemist?" Sam kõndis mööda koridori E-Zi tuppa.

Kolmik vaatas uuel lameekraaniga teleViisoril filmi. Sam võttis puldi ja vajutas MUTE. Siis pani oma telefoni valjuhääldisse.

„Ausalt öeldes ei ole ma päris kindel," ütles Paul. „Mitte mina ei taha temaga rääkida, vaid noh, see on…"

„Mina." Uus hääl võttis telefoni üle. Noorema inimese hääl.

„Ja kes sa oled?" Sam küsis.

„Minu nimi on Charles Dickens."

Sam ulatas telefoni vennapojale. „Ta ütleb, et tema nimi on Charles Dickens."

„Ma ju ütlesin sulle, et täna juhtub midagi kummalist," ütles Alfred.

„Mina ka," ütles Lia. "Aga ma ei teadnud, et see on seotud Charles Dickensiga!"

E-Z kõhkles, enne kui ütles: „See on E-Z Dickens, uh, härra uh, Charles. Kuidas ma saan olla abiks?"

Charles naeris. See oli närviline naer. Ta ei teadnud, mida öelda. Ta polnud kunagi varem rääkinud kellegagi, kes oli teisel pool maailma.

„Ma tulin tagasi," pomises ta. „Et sind leida. John ja Paul, mu sõbrad, on (ta kobas käega üle telefoni) - detektoristid..."

E-Z polnud varem kuulnud mõistet detektoristid.

„Nad kasutavad aparaate, et asju leida," ütles Alfred.

Paul võttis üle. „Üks asi sattus jõkke. Charles Dickens oli selles. Kaks tuld, üks roheline ja üks kollane, ütlesid meile, et Charles peab E-Z Dickensiga ühendust võtma."

„Mis asi?" E-Z küsis. „Kas see oli nagu silo?"

„John siin," ütles uus hääl. „Ei, see oli kuubik. Peegelkuubik."

E-Z kobas käega üle telefoni: „Ei kõla nagu üks selline silo."

„Kas inglid saatsid sind?" Lia pomises. ütles: „Ma olen muide Lia ja teine hääl, mida sa kuulsid, oli Alfred. Me oleme siin koos E-Z ja Samiga."

„Rõõm teid kõiki kohata,“ ütles Charles.

„Kui vana te olete?“ E-Z küsis.

„Umbes kümme, ma arvan. Kas on tõsi, et me oleme sugulased?“

„Jah,“ ütles E-Z, „ja onu Sam on ka sinu nõbu.“

„Meid ühendab ruum ja aeg,“ ütles Charles.

„E-Z on ka kirjanik,“ ütles Sam.

E-Z ohkas ja tema põsed tundusid kuumad.

Sam tõukas oma vennapoega küünarnukiga tagasi reaalsusesse.

„Seda on palju töödelda, härra Dickens, äh, ma mõtlen Charles. Me peame planeerima, kuidas teid siia tuua, kas nii või ma võin tulla teie juurde. Kas sa võid natuke aega Johni ja Pauli juurde jääda ja me võtame uuesti ühendust, kui oleme välja mõelnud, mida teha?“

Paul ütles: „Jah, ema ütleb, et Charlesiga pole mingit probleemi. Ta võib meie juurde jääda nii kauaks, kui ta tahab.“

„Ma helistan teile tagasi,“ ütles E-Z.

Telefon katkestas ühenduse.

„Oh, muide,“ ütles Sam, „Ardeni kõvakettal ei olnud midagi kasulikku. Peale selle, et nad olid koos võrgus ja mängisid mitme mängijaga tulistamismängu.“

„Hea teada," ütles E-Z, nii palju oli ta juba ise välja mõelnud.

PEATÜKK 21

PLAAN JA ROSALIE

In oma toas arutasid E-Z, Lia ja Alfred koos onu Samiga oma vestlust.

„Ma ei suuda uskuda, et tõeline Charles Dickens meile telefoni teel helistas," ütles Sam.

„Jah, aga ma ei saa aru, miks ta siin on. Ja millega ta siia sattus," ütles E-Z. „Ma mõtlen, ta on kümme aastat vana - ta arvab. Ja tema reisimisviis kõlab veidralt, peegelruutudega kast. Mis kuradi asi see on?"

„See ei kõla nagu kosmoselaev," ütles Alfred. "Mitte et me teaksime, kuidas see välja näeks."

„Oodake hetk!" Lia ütles.

E-Z vaatas talle otsa. „Kas sa mõtled seda, mida ma mõtlen?"

Ta noogutas.

„MIS?" Alfred uuris.

„Mäletate, kui peainglid meid kokku kutsusid, et öelda, et üks meist peab surema?" Lia küsis.

Alfred ja E-Z noogutasid.

„Mõelge konteinerile. Nagu oleksite jälle selles tagasi ja mäletate, mida me leidsime. Paberid, mis me leidsime?"

„Ma saan aru, mida sa silmas pead. Sa mõtled teispoolset teavet. Meie elu kohta alternatiivdimensioonides?" E-Z küsis.

„Täpselt," ütles Lia.

Alfred hüppas voodil üles ja alla.

„Mida?" Sam küsis.

E-Z seletas, nii hästi kui suutis.

„Niisiis, las ma vaatan, kas ma olen õigesti aru saanud," ütles Sam. „Meil kõigil on elu käimas, kusagil mujal kui siin. Ma mõtlen maapeal. Seal on meie teised versioonid, kes elavad oma elu peale meie oma. Erinevates aegades, erinevates ruumides, erinevates dimensioonides"

„See on õige," ütles E-Z.

„Kas me saame siis oma elu muuta?" küsis Sam. „Ma mõtlen, muuta tulemust? Kas me saame peatada kohutavaid asju?"

„Ma ei usu," ütles Lia. „Aga ma ei tea, kui palju nad tahavad, et me teisest dimensioonist teaksime. Aga sellest, mida Eriel meile rääkis, oleme me keskus. Kõik muu, mis toimub, keerleb meie ümber ja meie praeguse elu ümber."

„Niisiis," ütles Alfred, "Charles Dickensi siin olemine peab olema seotud Erieli ja teistega."

„Jah, seda ma ka mõtlen," ütles E-Z. „Aga miks just nüüd? Katsed on lõppenud. See oli nende valik. Ikka ei suuda nad näiliselt mind rahule jätta."

„Too tagasi Charles Dickens. Ja veel tema kümneaastane versioon! Minu jaoks on selles null mõtet," ütles Lia.

„Võib-olla siis, kui me temaga kohtume," ütles Sam, "saab kõik mõtteks."

„Mitte siis, kui see hõlmab Erieli," ütles E-Z. „Temaga ei ole miski sirgjooneline."

„Paistab, et reis Londonisse on meie ainus võimalus seda teada saada," ütles Sam.

„Tundub, et ma ei olnud seal nii kaua aega tagasi."

„Jah, sul on lihtne minna. Sa pead vaid oma tooliga õiges suunas näitama ja juba saadki minema," ütles Alfred. „Seevastu minuga on kogu see laperdamine seotud suure energiaga ja tuulega."

„Sa võiksid lennuki peale hüpata, kui onu Juss läheks sinuga kaasa," pakkus E-Z. „Sa peaksid vaid teiste reisijatega koos istuma ja reisi nautima."

Alfred langetas pea.

„Ma ei ütle seda selleks, et sa end halvasti tunneksid. Lihtsalt tuletan sulle meelde, et me kõik oleme samas paadis."

„Ma saan sellest aru. Ja aitäh."

„Okei, nüüd tagasi asja juurde," lisas E-Z. Ta lülitas televiisori välja.

Lia vahtis ettepoole, nagu oleks ta transis. „Rosalie!" hüüdis ta.

„Kes?" Alfred küsis.

Lia jätkas tühja vaatamist.

„Kas Lia on korras?" Sam küsis. „Ta vaevu hingab."

Lia tõusis püsti. „Mul on teile midagi öelda. Ma olen kohtunud kellegagi, mitte isiklikult, vaid oma peas. Ta on mu peas ja ma olen temaga juba mõnda aega rääkinud. Ta palus mul mitte midagi öelda - veel. Ma arvan, et see võib olla seotud kogu selle Charles Dickensi reinkarnatsiooni asjaga."

„Me kuulame," ütles E-Z lähemale kummardudes.

„Tema nimi on Rosalie. Ta elab Bostonis vanadekodus - ja ta on üsna vana. Tal on dementsus."

„Kas see ei ole see, mis põhjustab mälukaotust?" Alfred küsis.

Aga kohe, kui Rosalie kuulis Lia nime mainimist, siirdus ta nii mõtetes kui ka kehas E-Zi tuppa. Ta hõljus nende kohal, kuulates tähelepanelikult iga öeldud sõna. Ta puhastas kurku, et näha, kas nad näevad või kuulevad teda - nad ei näinud. Ta soovis, et oleks võtnud kaasa märkmiku ja pliiatsi.

BINGO.

Mõlemad jõudsid tema kätte. Ta naeratas ja asus märkmeid tegema.

„Sa tahad öelda, et te kaks olete ühenduses - ESP kaudu?" Alfred küsis. „Ma arvasin, et ma olen ainus, kellel on ESP?"

„See ei ole päris ESP, ma ei usu. Mitte nii, nagu sul on."

„Kuidas nii?" Alfred uuris.

„Rosalie mälestused on kadunud. Enamik neist igatahes. Ta ei tunne isegi oma perekonda ära, kui nad talle külla tulevad. Nad ei käi tihti külas. Ta ei pane pahaks, sest nad ei meeldi talle. Aga kuidagi saime me ühendust. Ja ta teadis kõike meist ja meie võimetest. Ta on meie eest hoolt kandnud, omamoodi."

„Miks sa meile seda nüüd räägid?" E-Z küsis.

„Sest ta ütles, et see on okei. Ja ta mainis ka Valget tuba. Ta on seal käinud mitte üks, vaid kaks korda. Esimesel korral toodi ta turvaliselt tagasi oma voodisse - aga mitte seekord. Ta ütleb, et ta on nüüd seal ja teda ei lasta koju."

„Nagu te mõlemad teate, olen ma käinud Valges toas," ütles ta. „Seal andsid peainglid esimest korda lubadusi ja ütlesid mulle, et ma saan jälle oma vanematega koos olla. Põhimõtteliselt seal, kus nad mind katsete abil pardale tõid."

Sam sekundeeris: „Eriel röövis mind kord Valgesse Tuppa. Alguses oli see igatahes üsna meeldiv - kuni ta ei lasknud mul lahkuda."

„Jah," ütles E-Z, "Eriel on taktitu. Ja see on päris lahe koht. Sa saad kõik, mida sa palud, kui sa mõtled selle peale - nagu maagia. Ja seal on raamatud - tiibadega raamatud. Aga ma ei taha siinkohal liiga palju üksikasjadesse laskuda - keskendume Rosalie'le. Mis nüüd toimub?"

Rosalie naeris, mõeldes, et mis siis, kui ta ütleb Liale, et on korraga kahes kohas? Ei, see võib neid ehmatada. Ta vestles Lia'ga peas ja rääkis vahepeal mõned valged valed.

„Ta ütleb, et ta teeskleb, et ta magab. Ta mäletab, et tema silmade ees hõljub kaks punkti, üks roheline ja üks kollane.“

„Hadz ja Reiki,“ ütles E-Z. „Ütle talle, et ta neid ei karda. Nad on head poisid.“

Ah, Rosalie ohkas. Siis mõistis ta, et see võib olla võimalus, mida ta on oodanud. Rääkida Kolmele teistest. Ta mõtles hoolikalt, siis otsustas, et on aeg jagada seda, mida ta teab.

„Oo, oota, ta tahab, et ma sulle midagi ütleksin.“ Lia vahtis ettepoole, kui Rosalie hääl tema huulte vahelt kostis: „On veel teisi nagu sina, ma olen neid näinud. Ma arvan, et sellepärast ma olen siin.“

„Teised, nagu meie?“ Lia, Alfred ja E-Z hüüatasid.

„Ma ei ole kindel, kui palju ma peaksin neile rääkima teistest lastest, kes on siinsamas. Kas teil on mulle mingeid nõuandeid? Mida ma peaksin ütlema? Kas nad teevad mulle haiget? Kui ma räägin neile teistest lastest - kas nad teevad neile haiget?“ Rosalie ütles Lia kaudu.

„Üle sinu, E-Z,“ ütles Lia nagu ise.

„Kuula kõigepealt, mida neil öelda on,“ ütles E-Z. „Nad ütlevad sulle, mida nad juba teavad, ja siis saad sa otsustada, kui palju, kui üldse, nad veel teada peavad."

„Hea nõuanne," ütles Alfred. „Ole alati hea kuulaja. Eriti siis, kui sind hoitakse vastu tahtmist võõras kohas kinni."

Lia pakkus: „Ma hoian siinseid poisse kursis, kui sa tahad, et me jääksime liinile - nii-öelda."

Rosalie rääkis, kasutades Lia suu kui enda oma: „Ma pean kõik oma võimed enda ümber hoidma... nii et ütlen esialgu üle ja ümber. Tänan sind ja jõuku abi eest. Ma võtan ühendust, kui ma teid siin olles vajan. Muidu annan sulle teada, kui olen jälle kodus, mis on varsti, sest mul jääb õhtusöök vahele. Täna õhtul on kalkun, kartulipuder ja herned." Ta kõhkles. „Oh, ja muide, Lia, see on ilus top, mis sul seljas on."

BINGO.

„Aitäh," ütles Lia ja vaatas oma t-särki, imestades, kuidas Rosalie teadis, mida ta seljas kannab.

„Mida?" E-Z küsis.

„Oh, ei midagi," ütles Lia.

Taas Valges toas. Rosalie arvas, et tema märkmik oleks parem öökapilaua sahtlis.

BINGO

Ja nad olidgi läinud.

BINGO

Õhtusöök saabus. Tal oli kõike maitsvat, kuid nüüd suutis ta mõelda vaid maasikapaksust shake'ist.

BINGO.

Üks jõudis kohale ja selle kõrvale viil sidrunimannapirukat.

Just siis saabusid Eriel ja Raphael.

„Oh, oh," ütles redel, kui nad hõljusid tema poole ja nägid välja, nagu oleksid nad Halloweeni jaoks riietatud.

„Kas ma unistan? Või surnud?" küsis Rosalie.

„Kumbagi," vastasid peainglid.

PEATÜKK 22
TUTVUSTUS JA TERVITUS

Minge edasi ja sööge lõpuni,“ ütles Rafael.

" „Jah, meil pole midagi paremat teha,“ ütles Eriel. Samal ajal, kui nad teda söömas vaatasid, oli Rosalie'l raskusi närimisega. Probleeme maitsmisega. Ja see tundus külmem. Ta heitis pilgu raamaturiiulile, redelile. Tal oli tunne, et need kaks võõrast ei kavatse midagi head teha, kui ta pani noa ja kahvli maha.

„Kõigepealt,“ alustas Eriel, “peab see vestlus jääma meie ja ainult meie vahele.“

Oma mõtetes rääkis ta Liale. „Kas sa oled seal, laps? Kas sa kuulad?“

„... Välja kustumine.“

„Vabandust,“ ütles Rosalie, “aga kas sa võiksid uuesti alustada, ma mõtlen algusest? Ma olen vana ja ma kaotasin silma, mida sa mulle rääkisid.“

Eriel ohkas. Nagu väike poiss, keda oli noomitud, avas ta tiivad ja lendas minema. Kui ta lähenes raamatukogu tippu, ristas ta käed ja ootas. Ootas, et Rafael annaks järele.

Raphael kummardus Rosalie'le lähemale.

„Su prillid on tõesti kenad," ütles Rosalie. „Aga nad teevad mind natuke merehaigeks, kui kogu see veri seal pulseerib ja hõljub."

Eriel naeris.

Raphael võttis prillid ära ja pani need oma musta rüü taskusse.

„Mu kallis, Rosalie," kähises Raphael, "palun ära pane tähele minu õpitud sõbra ebaviisakust, aga me oleme siin olukorras. Olukorras, kus me vajame mitte ainult sinu, vaid ka E-Z, Lia, Alfredi ja teiste abi. Sa tead, keda ma silmas pean, kui ma teisi mainin, jah?"

Rosalie noogutas, ilma et oleks midagi öelnud.

„Me oleme peainglite meeskond ja meie jõud on piiratud. Asi, mis toimub kogu maailmas, toimub hingedega."

„Sa mõtled, kui inimesed surevad?" Rosalie küsis.

„Täpselt."

„Aga kas see pole mitte rohkem teie kui meie valdkond? Sa oled rääkinud Jumalaga - ta tunneb sind, eks? Ja kui sa üritad parandada rasket olukorda, miks mitte küsida otse temalt?"

Kuna Raphael ja Eriel ei rääkinud, jätkas Rosalie.

„Nagu ma aru saan, kui inimene sureb, siis tema keha maetakse maha. Või tuhastatakse. Nende hinged - kui nad on olemas - elavad teises kohas edasi."

Eriel oli sekunditega tema näo ees, müristades. „See on vale.

Raphael lükkas ta kõrvale. „See on keerulisem, kui sa tead. Liiga keeruline, et enamik inimesi seda mõistaks."

„Inimesed on päris targad," ütles Rosalie. „Me oleme käinud Kuul, leiutanud lennuki, interneti, tule. Ma ei ole geenius, ja ometi tõid sa mind siia, et mind veenda."

Eriel naeris jälle.

Seekord ei suutnud Raphael end tagasi hoida ja ka tema naeris.

Ja naeris. Ja naeris.

Kumbki ei suutnud end peatada.

Rosalie ignoreeris neid. Ignoreeris seda, mis tema ümber toimus. Redelit, mis viskus edasi-tagasi edasi-tagasi. Raamatud, mis paiskusid välja ja siis jälle sisse. See oli selline lärm. Nii lärmakas. Ta igatses taas oma toa vaikust.

Anne of Green Gables, mõtles ta.

BINGO.

Raamat oli tema käes. Ta avas selle, leidis järjehoidja ja luges. Kui nad vajasid tema abi, siis pidid nad selle eest tööd tegema. Nüüd, kui nad olid teda ja kogu inimkonda solvanud, ei kavatsenud ta seda neile lihtsaks teha.

„Hea küll," sosistas Lia Rosalie meelest. „Sa oled vastutav. Ja mina olen siin koos E-Zi ja Alfrediga ning me hoiame sulle selja taga."

Raphael ja Eriel naersid ikka veel. Kontrollimatult. Põrkusid teineteise vastu õhku, nagu õhupallid kokku kinnitatud.

Siis meenus talle, et tema sidrunimannapirukas oli veel söömata. Ta pani raamatu kõrvale, torkas kahvli sisse ja hammustas. See oli täiuslik. Mitte liiga magus ega liiga hapukas, just nii, nagu ta ema seda kunagi tegi. Ta võttis veel ühe kahvli.

Tema kohal olid Eriel ja Raphael hüsteeriliselt elevil.

„Lõpeta!" Rosalie karjus. „Te kaks olete kõige ebaviisakamad, kõige vastikumad asjad, keda ma kunagi kohanud olen. Ja ma olen omal ajal kohanud päris vastikuid inimesi." Ta pani kahvli maha. „Kas teile ei ole õpetatud mingeid kombeid? Mingeid kombeid üldse?" Ta võttis kahvli üles ja osutas sellega nende suunas.

Eriel lendas maha. Ta oli Rosalie peal, sekunditega suu lahti. Ta torkas selle sidruni kohupiima sisse, siis pistis kahvliga peainglile suhu.

„Ewwwwww!" karjus ta. Sülitas selle välja, nagu oleks naine talle arseeni andnud.

„Ema õpetas mind alati jagama," ütles ta irvitades.

Erieli kahvatus muutus mustast roheliseks. Pärast oksendamist kadus ta läbi seina.

„Ta ei ole vist pirukafänn?" Rosalie ütles.

Lia naeris Rosalie meelest.

Raphael võttis prillid oma hommikumantli taskust välja, puhastas need ja pani need tagasi näole. Ta istus Rosalie kõrvale. Ta oli nii lähedal, et istus peaaegu tema süles.

Vaene Rosalie.

„ME TEAME, ET ON VEEL TEISI JA ME PEAME TEADMA, KES NAD ON JA KUS NAD ON - KOHE!"

Kui ta rääkis, moondus Raphaeli nägu tundmatuseni.

Rosalie juuksed tõusid püsti. Tema keha värises.

„Ebaviisakad inimesed ei saa kunagi seda, mida nad paluvad, ja sina, mu kallis, oled väga ebaviisakas. Ja su sõber ka," sosistas Rosalie.

Rosalie muutus taas selliseks, nagu ta oli varem olnud.

Ainult et seekord oli peaingli taktika muutunud. Ja tema hääl oli siirupitaoline, kui ta ütles,

„Ma lähen läbi selle seina ja liitun Erieliga. Viie minuti pärast tuleme tagasi ja alustame uuesti. Me vajame teie abi - teil on õigus - ja me ei palu seda nii, nagu peaksime." Siis naisele seinas: „Seadke taimer viieks minutiks." Siis tagasi Rosalie'le: „Kui taimer kõlab, pöördume tagasi ja alustame uuesti." Nagu lubatud, liikus Raphael seina poole ja kadus sealt läbi.

Kell seinas tiksus valjusti. See tundus kohatu. Isegi liiga lärmakas raamatukogu jaoks.

„See on väga tüütu!" ütles redel, liikudes lähemale.

„Vabandan, et nii palju lärmi on," ütles Rosalie. „Minu siinolek on teile ainult kaost põhjustanud."

„Sa meeldid meile," ütles redel. „Miks sa ei liigu natuke ringi? Siis tunned end paremini."

Rosalie tõusis püsti, oodates, et pärast nii suurt sööki tunneb ta end väsinud. Selle asemel oli ta hoopis ergastatud. Eriti tema jalad. Need tundusid, nagu oleks ta jälle kümneaastane. Ta sooritas hüppeliigese. Nii lõbus!

„Ja nüüd," ütles Rosalie, "tema järgmine trikk. Suur Vanaema proovib mitte ühte, mitte kahte, vaid kolme järjestikust käru." - Mida ta ka tegi. „Aitäh, aitäh!" ütles ta, kummardades ja lehvitades, nagu oleks ta võitnud olümpiamängudel kuldmedali.

BRRRIIIING.

Taimer lõppes. Eriel ja Raphael jõudsid kohale.

Peainglid olid erinevalt riietatud. Nagu oleksid nad läinud kahele eri peole.

Eriel kandis tumedat triibulist ülikonda, valget särki ja lipsu.

Rafael kandis punast Mumu-sarnast kleiti, mis kattis tema keha täielikult kaelast varvasteni.

„Ma tunnen end alariietatuna," ütles Rosalie.

BINGO.

Ta kandis nüüd oma kõige uhkemat kleiti. See oli see, mida ta oli näidanud, et tahab kanda pärast surma.

Ta vajus toolile, silmad ülespoole suunatud. Ja peainglid hõljusid tema poole. Nende tiivad liikusid nagu liblikatiivad, kui nad talle graatsiliselt ja kaunilt lähenesid. Tema silmad tõmbusid üles.

„Kuidas ma saan teid aidata, kallid?" küsis Rosalie.

Neil oli nüüd justkui võim tema üle, võim, mida ta ei tahtnudki ületada. Ta langes põrandale, põlvitades nüüd kahe peaingli ees. Rafael puudutas teda paremast õlast ja Eriel vasakust õlast.

„Ütle meile, mida me peame teadma," kähisesid nad.

„Teised on laiali," ütles ta, siis langes ta põrandale nagu nöörita marionett.

„Ta on selleks liiga vana," ütles Eriel. „Kui ta sureb, pole temast meile kasu."

„Jätka, see toimib."

POP.

POP.

Hadz ja Reiki ilmusid, kumbki sosistas Rosalie kõrva. Nad aitasid ta jalule.

„Hoidke end siit minema, te kaks sissetungijat!" Eriel karjus plahvatusliku häälega,

Rosalie rabeles välja transist, millesse nad ta olid pannud.

„Läheb ära!" Raphael hüüdis ja POP ei kostunud, selle asemel oli kuulda vaid üksikut

SPLAT.

Rosalie pani käed puusadele: „Ma loodan, et te ei teinud neile kahele kallimale haiget. Tegelikult, kui sa tahad, et ma kaaluksin sinu aitamist, siis peaksid sa nad KOHE siia tagasi tooma, et ma näeksin, et nendega on kõik korras. Ma keeldun sulle rohkem midagi ütlemast, kuni sa neid tagasi ei too." Ta läks üle toa, istus seljaga vastu valget seina, sulges silmad ja ootas. Tal oli terve päev, terve nädal, terve aasta. Ta ei kiirustanud kuhugi ega teinud midagi.

POP.

POP.

„Aitäh," ütlesid Hadz ja Reiki, kui nad Rosalie õlgadele istusid.

„Me segame seda ära," ütles Raphael. Siis Hadzile ja Reikile: „Te teate, millises olukorras Maa on, kas te saate meid aidata, et saavutada selle inimese abi?"

Reiki ütles: „Me teame, et olukord on olemas! Kui sa poleks E-Z, Lia ja Alfrediga sõlmitud kokkuleppest taganenud, oleksid nad juba pardal. Rosalie ei usalda kumbagi teist."

Hadz ütles: „Ja sa pole tema suhtes aus olnud."

Hadz ütles: „Inimeste puhul on usaldus ja ausus kõik."

Eriel tormas nende poole.

Raphael hoidis teda tagasi, enne kui ta ütles: „Meie poolt on tehtud viga ja sellel veal on põhjus ja tagajärg. Me püüame päästa Maad kõrvalekallete eest. Ainus viis, kuidas me seda teha saame, on kutsuda appi neid, kellele on antud jõud, üleloomulikud, superkangelaste jõud. Ilma nendeta kukub inimkond läbi - ja see on meie süü.“

Rosalie tõusis püsti. Ta heitis pilgu kahele väikesele olendile, kes istusid tema õlgadel. „Kas ma võin neid kahte usaldada?“

„Raphael on usaldusväärne,“ ütles Hadz.

„Aga me ei ole tema suhtes kindlad,“ ütles Reiki.

POP.

POP.

Mõlemad kadusid, kartes, et Eriel saadab nad tagasi kaevandustesse.

Eriel tõusis, kõrgemale ja kõrgemale, siis kadus läbi lae.

Rosalie vahetas teemat. „Kuni ma mõtlen selle üle, kas sa saaksid seletada, mis see koht on? Ma kutsun seda Valge Tuba, aga kas see on õige nimi - ja miks on nii, et alati, kui ma midagi soovin, see ilmub? Võib-olla on selle nimi Maagiline tuba?“ Sel hetkel mõtles Rosalie E-Z-le, inglile/poisile ratastoolis.

ACK.

E-Z jõudis kohale.

„Vau!" ütles ta, mõistes, et oli Rosaliega Valges Toas kokku puutunud. Ta mõtles oma päikeseprillidele ja

PRESTO

Need olid tema näol. Ta kõndis toas ringi, et taas kord jalgu ja põrandat tunda. Siis sirutas ta käe ja ütles: „Sa oled vist Rosalie."

„Ja sina oled vist E-Z, ütles ta, ilma sinu ratastoolita. See koht on tõesti maagiline!"

„Ja tere, Raphael."

„Tere tulemast, E-Z," ütles Raphael. Siis Rosalie'le: „Nii palju diskreetsusest - see pidi olema konfidentsiaalne."

„Mida iganes ta sulle ka ei lubaks, ta rikub neid. Ta on kasutu oma sõna pidamisel - ja Eriel on veel hullem, nagu ka Ophaniel - ja sa pole temaga veel isegi kohtunud. Ikka andes sulle teada, et nad kõik on valetajad."

„Ma sain sellest aru," tunnistas Rosalie. „Ja ta lahkus, Eriel käitub nagu rikutud laps."

„Ma oleksin seda hea meelega näinud." E-Z ütles. „See kõlab väga mitte-Erieli moodi, aga mees, see oleks olnud vinge asi, mida näha."

„Piisab nendest südamlikkustest,“ ütles Raphael. „Mul ei ole vist muud valikut, kui ka teile olukorda selgitada.“ Ta trampis jalaga ja tema tiivad langesid mossitades külgedele. Ta pöördus E-Z ja Rosalie poole. „Maailm vajab päästmist, meiepoolse vea tõttu. Kas sina ja teised tahavad aidata meil olukorda parandada - ma mõtlen, et päästa Maa, või mitte?“

Rosalie ja E-Z vahetasid pilke.

„Minge teie,“ ütles ta. „Ma olen nõus, mida iganes te otsustate.“

E-Z ei vastanud kohe.

„Kui sa mulle kõik räägid, siis ma edastan selle teistele ja me hääletame. Me oleme demokraatlik grupp.“

„Kui kaua see aega võtab?“ Raphael irvitas. „Ja kuidas sa minuni tagasi jõuad? Kas ma peaksin ehk Rosalie't siin vangina hoidma, kuni sa selle välja mõtled? Kas kakskümmend neli tundi on piisav aeg?“

Rosalie ütles: „Ma ei viitsi siia tuppa jääda. Siin on palju raamatuid, mida lugeda, ja ma võin tellida kõike, mida tahan. Palju huvitavam ja põnevam kui kodus olemine.“

E-Z noogutas. Rosalie'le ütles ta: „Tänan teid ja teil on õigus, see tuba on päris eriline. Sa oled siin turvaline." Siis Raffaeli poole: „Rosalie ei ole sinu vang, tegelikult on ta su külaline." Raamat lendas riiulilt maha ja maandus tema käes. See oli „Harry Potter ja saladuste kamber".

„Ma tahaksin seda lugeda," ütles Rosalie. Raamat lahkus E-Z käest ja lendas Rosalie poole. Ta püüdis selle kinni, avas selle ja hakkas kohe lugema.

„Rosalie on meie külaline," ütles Raphael. „Kakskümmend neli tundi siis?"

„Kakskümmend neli tundi," nõustus E-Z.

„Oodake!" karjus hääl. Hääl ilma kehata. Hääl, mis kajastus ja kajastus. Kuni üleval riiulilt tuli raamat lahti. See kukkus põranda poole, kuni tema tiivad ettepoole paiskusid ja päästsid ta selja murdmisest.

Raphael vaatas ehmunult hääle peale. Ta püüdis taganeda, kuid miski hoidis teda tagasi.

Rosalie ja E-Z ootasid ja kuulasid.

„Raphael ei ole teile kõike rääkinud," ütles äge hääl.

Õhk justkui vibreeris iga silbiga, kuid heal, lahkelt ja õrnalt, mitte hirmuärataval maailmalõpu viisil.

„Räägi meile," ütles E-Z.

„Natuke vaiksemalt," soovitas Rosalie. „Ma olen vana, aga mitte kurt, teate küll!"

„Vabandust," ütles hääl. Ta puhastas kurku. Siis sosistas: „E-Z Dickens, kas sa mäletad, milliseid valikuid me sulle andsime? Neid kahte valikut?"

E-Z mäletas neid piisavalt hästi. Üks neist oli jääda igavesti silosse. Mälestused tema perekonnast loopis. Teine oli naasta oma elu juurde onu Sami juurde.

„Jah."

„Ütle mulle, mida sa mäletad valikutest?" küsis hääl.

„Nad ütlesid, et ma võin jääda konteinerisse ja taaselustada mälestusi oma perekonnast loopis või naasta oma ellu koos onu Samiga."

„Ja hingepüüdja? Mis sellest?"

„Ei midagi," tunnistas E-Z õlgu kehitades.

Hääl kähises - nagu tekitaks talle nüüd rääkimine valu. Riiulid värisesid ja esemed POPPISID juhuslikult keset õhku sisse ja välja. Kõigepealt oli hiiglaslik hapukurk. Roheline ese keerles päripäeva, siis vastupäeva, siis kadus.

Järgmisena ilmus nende kohale peegelpall. See muutis keereldes värvi. Kui see pöörles liiga kiiresti, kartsid nad, et see kukub nende peale. Nad läksid varjule, kuid enne, kui nad sinna jõudsid, kadus pall.

Järgmisena ilmus klouni pea. See hõljus nende ees ja ütles: „Mis on must ja valge ja must ja valge ja must ja valge ja must ja valge ja must ja valge".

„Piisab!" ägestus hääl.

„Vabandust," ütles Raphael.

„Peaksidki!" esimene hääl tirises. Siis ütles ta vaiksemalt, õrnalt, pehmelt: „E-Z ja tema meeskond peavad teadma Hingepüüdjatest - kõigest. Muidu ei saa nad aru, kui keeruline on murdumine."

Hääl tegi mõne sekundilise pausi, siis jätkas: „Hingepüüdja püüab hingi, kui inimkeha sureb. See on lõputu puhkepaik. Kõigil inimestel ja kõigil olenditel on anumad, kuhu minna. See asi, mida te nimetasite siloks, on hingepüüdja. Puhkepaik kogu igavikuks."

„Okei," ütles E-Z. „Kuidas see siis maailmalõpuga seotud on?"

„Ma tahan näha oma hingepüüdjat," ütles Rosalie.

„Kui sina ja su sõbrad ei tee midagi, ei saa keegi Hingepüüdjat. Kui su keha sureb, siis sa SURMUD. See on kõik. Lõpp. Sinu ja kõigi teiste hingel ei ole kuhugi minna ja kui hingel ei ole kuhugi minna, siis ei ole eesmärki. Pole enam mingit põhjust selle eksisteerimiseks. Ja ilma hingedeta on inimesed lihtsalt lihakostüümid."

„Oot," ütles E-Z. „Kas sa tahad öelda, et inimene, kes vastutab Hingepüüdjate eest. Kuidas iganes sa neid nimetad - tegevjuht, president, sa saad aru. Kas sa tahad öelda, et nad on kompromiteeritud?"

Raphael avas suu, et vastata, kuid E-Z ei olnud veel lõpetanud oma sõnavõttu.

„Kuidas kogu see Hingepüüdja asi üldse toimib? Mind on mitu korda minu juurde kutsutud ja ma pole isegi SURMA. Kas sa tahad öelda, et need, mis iganes nad on, võivad mind nüüd oma Hingepüüdjaks sundida oma tahtmise järgi?" Ta kõhkles: „Ja mida sa tead Charles Dickensist? Ta saabus peegelkonteineris, seega mitte Hingepüüdja. Kuidas tema hing ühest kohast teise jõudis? Kas tema ülestõusmine on teie, peainglid, süütegu?"

Raphael ootas, kas tal on veel küsimusi.

Tal oli.

„Ja mis saab minu kahest parimast sõbrast PJ-st ja Ardenist. Kuidas nad siia sobivad? Nad on mõlemad koomas. Ma tahan nad tagasi tuua. Kas sinu aitamine, aitab neid?"

Hääl seinas ägas vastuseks.

„Keegi ei juhi Hingepüüdjaid. See ei ole nagu kasumi saamiseks loodud ettevõte. Kui keegi sureb, püütakse tema hing kinni ja see elab määratud Hingepüüdjas."

„Ma ei saa aru," ütles E-Z. Siis: „Oot, kas keegi või miski on Hingepüüdjad kaaperdanud? Ja kui vastus on jaatav, siis vajan ma kindlasti rohkem teavet selle kohta, kes nad on, enne kui me sekkume. Kui teie, peainglid, ei suuda neid võita, siis kuidas te loodate, et meie suudame seda teha?"

Hääl seinas ütles Rafaelile: „Nojah, Eriel eksis, kui ta ütles, et see poiss on paks nagu telliskivi. Ta sai selle, ühe korraga. Hästi tehtud, E-Z."

„Uh, aitäh, ma arvan," ütles ta. „Aga mida ma täpselt õigesti tegin?"

Hääl jätkas. „Kolm jumalannat on tõepoolest hinge püüdjad üle võtnud."

E-Z avas suu, et rääkida, kuid enne kui ta seda teha jõudis, rääkis hääl uuesti.

„Charles Dickens ei saabunud hingepüüdjaga, nagu te kahtlustasite. Veresugulastel on võim üle aja ja ruumi. Te kutsusite ta välja. Ta tuli sind aitama."

„Ma ei kutsunud teda!" E-Z ütles.

„Ja ometi on ta tagasi ja ta teadis su nime ja tahtis sind aidata, on see nii?"

E-Z noogutas.

„Ja sinu viimasele küsimusele: jah, su sõprade elu on kolme jumalanna tõttu ohus."

„Jumalannad?" E-Z kordas. „Nagu Kreeka mütoloogias? Kas nad on reaalsed? Ma arvasin, et kõik need lood on väljamõeldised."

„Need põhinevad ajaloolistel faktidel," ütles Raphael.

„Me ei saa minna vastu mütoloogiliste jumalannade meeskonnale!" E-Z hüüatas. „Me oleme lapsed."

„Riskid on palju suuremad, kui te seda ei tee, sest meil ei ole kedagi teist, kellelt abi paluda. Pole Batmani, pole Spidermani, pole päris elus olevaid superkangelasi. Ainsad kangelased olete teie, lapsed, kas te suudate? Kas te aitate? Me teame, kuidas seda probleemi lahendada, me vajame organeid, inimesi kohapeal. Inimesed, kellel on võimed, võivad võita. Te võite seda võita, asi. Need asjad. Esiteks, te saate neid näha. Meie ei näe," ütles Raphael.

„Ma tean, et te vajate abi, aga ma ei näe, kuidas me saaksime päästa päeva - mitte võimsate jumalannade vastu. Jah, meil on jõud, aga mille vastu me täpselt oleme? Mida meilt oodatakse? Millised ohud meid ähvardavad? Ma mõtlen, te olete juba surnud - meie mitte. Kui me aitame - millised on ohud?"

Ta kõhkles, ja kui keegi ei öelnud midagi, jätkas ta.

„Kui me nõustume, kas te suudate kaitsta minu onu Sami, tema naist Samantha ja lapsi? Kas te suudate tagada, et PJ ja Arden ei maandu surnuna Hingepüüdjaisse? Ja mida see meile toob? Lõppude lõpuks riskime me oma eludega. Sa ei ole inimene, nii et sul pole midagi kaotada!"

Rosalie sekkus: „E-Z ma ei näe, et teil on valikuvõimalus. Sul on õigus, riskid on olemas ja ma ei ole veel surnud - aga ma olen vana -, nii et risk minu jaoks ei ole nii suur. Pealegi meeldib mulle mõte, et kui mu elu lõpeb, ootab mind hingepüüdja."

E-Z noogutas. „Ma saan sellest aru. Mõte, et mu vanemad hõljuvad ringi. Üksinda. Kodutud. Hingepüüdjateta. Noh, see teeb mind haigeks. See teeb mind nii vihaseks, et tahaksin välja sülitada. Aga ma pean ikkagi teistega rääkima," kordas E-Z jalgu ristates. Tundus nii hea, et sai teha selliseid lihtsaid asju nagu jalgade ristamine.

Sa muutud seal päris suureks kõneisikuks, ütles Lia talle peas.

„Uh, aitäh," vastas ta.

„Nagu siis," ütles hääl. „Kakskümmend neli tundi. Seniks jääb Rosalie siia meie juurde."

„Teie külalisena," rõhutas E-Z.

„Ma saan hakkama," ütles Rosalie. „Ja ma hoian ühendust, vesteldes Lia'ga. Lia ja mina armastame vestelda."

Ta noogutas. Liaga, Lia kaudu. E-Z ei olnud kindel, mida nad teadsid ja mida mitte - aga ta ei kavatsenud anda neile midagi, mida neil juba ei olnud.

„Varsti kohtume," ütles ta ja lehvitas hüvasti.

Siis istus ta jälle oma ratastooli. Ta oli oma sõpradega silmitsi. Aga kuidas ta võis seda neile öelda? Kuidas ta saaks seletada?

Lõpuks otsustas ta, et kõige parem oleks kõik välja öelda. Just seda ta ka tegi.

PEATÜKK 23
MUUTUSED

E-Z uudis ei olnud küll see, mida nad ootasid kuulda, kuid nii Alfredil kui ka Lial oli vastuseks palju öelda.

„Neil on närvi!" Alfred hüüatas. „Pärast seda, mida nad meiega tegid. Ma mõtlen, et andsid lubadusi ja siis taganesid ning muutsid mänguplaani. Mina näiteks ei usalda ühtegi neist nii kaugele, kui kaugele ma neid visata saan."

„See on suur asi, ja see puudutab meie lähedasi, kes on surnud," ütles E-Z.

„Kuidas nii?" Sam küsis.

„Ma ei tea üksikasju. Ma tean ainult, et see hõlmab kolme kurja jumalannat, kelle plaan on röövida ja kontrollida kõiki hingede püüdjaid."

„See on hullumeelne!" Lia ütles. „Miks nad neid tahaksid? Milleks minna kogu selle vaevaga? Mis see neile korda läheb?"

„Oota," ütles E-Z. „Ma räägin sulle kõik, mida nad mulle rääkisid. Pidage meeles, et ka nem teavad kindlalt.

„Igatahes, nii see käib. Nad on mütoloogilised jumalannad, kes on tagasi toodud. Nende eesmärk on kontrollida Hingepüüdjaid - mis tahes vahenditega.

„Ja viis, mille nad on selleks valinud, on inimeste tapmine. Inimesed, kes ei olnud mõeldud surema! Ja siis panevad nad nad neid Hingepüüdjatesse, mille nad on kaaperdanud. Inimestelt, kes neid vajavad. Nii et nende hingedel pole kuhugi minna."

„Ma ei saa ikka veel aru," ütles Lia.

„Mõtle sellest nii. Lia, sina, Alfred ja mina oleme juba oma Hingepüüdjatesse sattunud. Vähesed pääsevad sinna enne, kui nad on surnud. Ma mõtlen, et kes tahaks olla?"

„Nõus," ütles Alfred.

„Dito," ütles Lia.

„Aga mis siis, kui ma ütleksin sulle kohe, et sinu Hingepüüdja on täidetud kellegi teise poolt - ja seega ei ole see enam sinu?"

„Inimesed ei tea isegi Hingepüüdjatest!" Alfred hüüatas. „Enamik arvab, et nende hinged lähevad taevasse (või kui nad on halvad, siis kuuma kohta.) Kui nad teaksid, oleksid nad selle üle pahased. Aga nad ei tea."

„Jah, sa ei saa midagi, millest sa midagi ei tea," ütles Sam. „Samuti ei saa sa võidelda millegi eest, millest sa ei tea."

„Nad ütlesid mulle, et mu vanemate hinged võivad praegu ringi hõljuda, kodutuna. See tabas mind kõvasti."

„Just sellepärast nad sulle rääkisidki!" ütles Sam. „See on otsene manipuleerimine."

„Ei, see on emotsionaalne väljapressimine," ütles Alfred. „Aga ma saan aru, miks nad seda ütlesid. Kui nad ütleksid mulle sama minu perekonna kohta, tahaksin ma ka ise sekkuda. Ma tahan nende jumalannadega võidelda. Kui ma oleksin kuumavereline, tegutseksin kohe oma tunnetele tuginedes. Aga me peame siin olema loogilised. Me peame säilitama tasa mõistuse."

„Kes need jumalannad üldse on? Mida me neist teame?" Lia küsis.

„Ja kas me oleme kindlad, et peainglid on siin õigel poolel?" Sam uuris.

„Nad ütlesid, et mingi viga nende poolt, põhjustas selle isegi - aga nad ei öelnud mulle täpselt, kuidas see juhtus või miks. Ja nad ei olnud tujus, et neilt infot nõuda - rohkem, kui ma juba suutsin neilt välja pressida. Pealegi on neil Rosalie ja meie aeg otsuse tegemiseks hakkab otsa saama."

„Täpselt," ütles Lia. „Ja ikkagi, kuidas me saame otsustada, kui me isegi ei tea, millega meil on tegemist? Nad teavad, et me oleme lapsed. Jah, meil kõigil on unikaalsed võimed - aga kas neist piisab? Kui peainglid ei saa ise selle olukorraga hakkama... miks nad teavad, et meie suudame?"

„Seda ma ei oska öelda. Ma küll survestasin neid, et nad mulle rohkem räägiksid. Kui poleks olnud häält seinas - nad poleks mulle nii palju rääkinud, kui ma teada sain."

„Kuidas nad julgevad meie eest teavet tagasi hoida!" Alfred hüüatas.

„Ma selgitasin, mida ma tean. Neid on kolm. Nad on jumalannad - mütoloogilised olendid, mida ma arvasin, et nad ei ole reaalsed."

„Me saame internetis teada kõik, mida peame teadma, et end nende vastu relvastada," ütles Sam. „Aga see võtab aega." Ta kõhkles. „Ma ei usu siiski, et meil on palju õnne, kui me otsime teavet Hingepüüdjate kohta."

„Ma juba proovisin ja ei leidnud midagi."

„Millal sa esimest korda neist kuulsid?" Sam uuris.

„Hääl seina sees andis mõista, et mulle on neist varemgi räägitud, aga iga kord, kui ma üritan meenutada, on nagu mingi müür blokeerivat infot."

„Vau! Täpselt sama asi juhtub minuga," ütles Lia. „See on nii kummaline."

E-Z heitis pilgu oma telefoni kellaajale. „Noh, ma andsin teile kõigile palju mõtlemisainet. Meil on hommikuni aega, et teha kindel otsus... aga ma arvan, et meil ei ole muud valikut, kui nõustuda neid aitama. Ma mõtlen, et kui me ei tee seda, siis kes?"

„Ma mõtlesin sama," ütles Alfred. „Aga mulle ei meeldi ikkagi see, kuidas nad on läinud."

„Mulle ka," ütles Lia. „Ma lähen magama. Head ööd kõigile. Kohtumiseni hommikul." Ta sulges enda järel ukse.

„Kas sul on midagi vaja?" Sam küsis.

„Ei, mul on kõik korras. Head ööd, onu Sam."

„Öö E-Z. Pean sulle ütlema, kui uhke ma sinu üle olen ja kui uhked oleksid su vanemad.“

„Tänan.“

„Ja head ööd, Alfred,“ ütles Sam ust avades.

„Head ööd,“ ütles Alfred, siis seadis ta end peaga tiiru alla ja vajus magama.

E-Z, kes ei suutnud magada, vahtis laele, käed pea taga. Ta tegi paar istetõmmet, siis keeras ta end küljele, lootes uinuda. Selle asemel nägi ta kaks tuld, ühe rohelise ja ühe kollase, mis hõljusid tema poole.

„Kas sa oled ärkvel?“ Hadz küsis.

„Ei,“ ütles E-Z irvitades, kui ta istus püsti.

„Me ei tohi sinuga rääkida,“ ütles Reiki, „aga me peame sinuga rääkima, nii et sa pead ära arvama, mida me ei tohi sulle öelda.“

„Arvata? Tõsiselt? Kas sa oskad mulle vihjet anda… tead, kitsendada minu jaoks kasvõi natuke?“

Soovijad sosistasid teineteisele. Nad näisid olevat eriarvamusel, sest Hadz lendas ühele poole ruumi ja Reiki teisele.

„K, ma lähen magama. Kui sa aru saad, võid mulle hommikul rääkida.“

Ta noogutas ja ärkas siis üles. Ta oli oma toolil ja hõljus üle taeva. Ta kinnitas turvavöö. „Mida?“

„Me otsustasime, kuna me ei suutnud sinu jaoks valdkonda kitsendada. Või öelda sulle, mida sa pead teadma. Et teha teadlik otsus... Et me näitame Sulle hoopis. Nii et järgige meid."

Kui pilved möödusid ja puhas, kuid jahe ööõhk täitis tema kopsud, tundis E-Z end elavamana kui ammu. Mingil moel igatses ta, et teda kutsutakse katsumustele, et aidata ja päästa inimesi, kes olid hädas.

Sellest ajast peale, kui ta Erieliga töötamise lõpetas, ei olnud ta end enam eriti superkangelasena tundnud. Tõsi, ta oli päästnud puu otsas kinni jäänud kassi. Ja ta oli ära hoidnud, et pesapall ei purustaks väärtuslikku kiriku vitraažiakent.

Kuid enamiku tema igapäevasest elust moodustasid mõtted tuleviku peale. Kavandas, et lõpetada keskkool parimas positsioonis, et saada stipendium. Parima kolledži või ülikooli, kuhu ta saaks.

Onu Sam ja Samantha planeerisid uut last. Nad hoidsid saladuses, kas laps on poiss või tüdruk, ja lapse uude tuppa ei lastud kedagi. E-Z arvas, et on imelik olla viieteistkümneaastane ja peagi onu, aga ta ootas seda põnevusega.

Ja Lia, tal läks koolis hästi, ta sobis sisse, kuigi ta oli suhteliselt lühikese aja jooksul seitsmeaastasest kaheteistkümneni jõudnud kahe hüppega. Mis iganes teda vanandas, näis olevat peatunud ja nüüd tundus, et ta oli PJ-sse armunud. Ta oli kindlasti täiskasvanuks saanud ja ta naeratas, kui ta mõtles, kui isandlikuks ta oli muutunud. See meenutas talle Väike Dorriti ükssarvikut. Nad polnud teda pärast katsumusi näinud. Võib-olla olid peainglid saatnud ta Lia appi, kui nad kõik olid omavahel seotud. Siis tuli tema nõbu Charles Dickens. Ja PJ ja Arden olid koomasse jäänud - ja keegi ei teadnud, kuidas neid sealt välja tuua. Alfred hoidis end hõivatud, maja ümber. Alates tema saabumisest ei pidanud onu Sam enam nii tihti muru niitma.

Ta meenutas taas kahte uuringut, milles ta oli leidnud sarnasusi. Seda, kus tüdruk oli riietatud mitmemängu tegelaskujuks. Teine selle poisiga, kellele oli kästud tappa E-Z, et päästa oma pere elu. Need olid omavahel seotud. Erielil oli õigus. Ta pidi lihtsalt välja selgitama, mida see täpselt tähendas.

„Kas me oleme juba peaaegu kohal?" küsis ta, märkades, kui külmaks läheb. Nad liikusid kiiresti, lähenesid Mojave'i kõrbes asuvale Death Valley rahvuspargile. Oli detsember, üks aasta külmemaid öiseid kuud kõrbes, ja ta soovis, et oleks oma kapuutsi kaasa võtnud. Oli nii pime, et tähed näisid miljon korda heledamad. Nagu silmad taevas, mille vahel on vaevu sõrmevahe või nii tundus.

Koolituses olevad inglid ei vastanud. Nad laskusid paar meetrit alla, siis jätkasid täiskiirusel edasi lendamist.

„Suurepärane!" ütles ta. „Anna mulle teada, millal me maandume. Kindlasti soovin, et mul oleks reisiagent, kes ütleks mulle, mida ma näen."

„Kasutage oma telefoni," sosistasid Lia ja Alfred. Siis vaikisid nad.

Nad lendasid edasi, üle Badwater Basini, Põhja-Ameerika madalaima punkti. Seda nimetati nii, sest vesi on halb - seega liigsete soolade tõttu joomata. Kuid mõned eluslood ja taimed võivad seal õitseda, nagu näiteks kurkitsalised, putukad ja tigud.

Nad läksid sügavamale Death Valley'sse, samal ajal kui E-Z võttis maastikku ja püüdis mitte mõelda sellele, kui janune ta on.

„Kas me oleme juba kohal?" küsis ta uuesti, kui must lind lendas tema pea kohal, kukutades enne oma teekonna jätkamist kakaid. „Tere tulemast Death

Valley'sse," ütles ta, pühkides seda varrukaga ära. Ta kiirustas edasi, et Hadzile ja Reikile järele jõuda.

PEATÜKK 24

DEATH VALLEY, U.S.A.

Hurry up!" Hadz ja Reiki ütlesid. „Me oleme peaaegu Rhyolite'is."

Ta surus edasi, jõudis neile järele. „Ja mis täpselt on Rhyolite'is?"

„Väike taust," ütles Hadz. „Kui te pole sellest juba kuulnud?"

E-Z raputas pead. Ta oli koolis õppinud Grand Canyoni kohta, peamiselt selle tekkimise kohta.

Hadz jätkas: „Rhyolite oli kunagi 1904. aasta kullapalaviku ajal õitsev linn. See ei kestnud siiski kaua, 1924. aastal suri selle viimane elanik ja see muutus kummituslinnaks."

„Mida tähendab sõna Rhyolite?"

Reiki vastas: „See on happeline vulkaaniline kivim - graniidi laavavorm. Selle nimetas 1860. aastal geoloog

Ferdinand von Richthofen. Selle päritolu on kreeka keelest, sõnast rhyax, mis tähendab laavavoolu."

„Niisiis, linnas oli suur kullapalavik ja nad nimetasid selle vulkaanilise kivimi järgi?" Ta kõhkles. „Arvan, et mäletan klassist midagi vulkaanilisest tegevusest."

„See on õige," ütles Hadz. „See pärineb kahe miljoni aasta tagusest ajast."

„Niisiis, see tund on huvitav ja kõik - aga ma ei tea ikka veel, miks me Rhyolite'ile suundume."

Reiki pomises: „Sest see on renegaatide peakorter."

„Need, kes võitlevad Hingepüüdjate üle kontrolli eest."

„Kes nad täpselt on ja kuidas me saame neid peatada? Meie - ma mõtlen meid, Kolmikut. Sest Eriel ja Raphael hoiavad Rosalie't kinni ja muide, aeg hakkab otsa saama. Nad andsid meile ainult kakskümmend neli tundi, et jõuda tagasi."

„Shhh," ütles Hadz. „Neil on erakordne kuulmine ja tuul võib meie hääled neile sosinal tagasi kanda. Edaspidi räägime ainult oma mõtetega."

E-Z küsis, kasutades oma meelt: „Mis juhtub, kui nad teavad, et me oleme siin? Ma mõtlen, kas nad ei näe meid?"

„Hadz ja mina ei ole inimesed, seega oleme nende radarist väljas. Teie aga ei ole, mistõttu oleme teid varjestanud."

„Suurepärane! Minu ümber on nähtamatu kaitsekilp - see on kasulik teave, et ma seda tean."

Ta nägi eemal Mustad Mäed. „Vean kihla, et kui päike neid mägesid soojaks küpsetab, võiks neil muna praadida." Ta kõhkles: „Mis on selle linnuga, kes mulle kakkis? Kas pahalased võisid selle välja saata, et meid otsida?"

Hadz ja Reiki raputasid pead. „Me nägime lindu. See oli kährik - tuntud kui taevaste sõnumite kandja."

„Okei, see on küllaltki õiglane. Minu meelest ei näinud see välja nagu kährik. Ütle mulle, mis see on, mis on hinge püüdjad ülestähendanud, ja mida me peame tegema, et neid võita." Ta kõhkles: „Ja mis on sellel pistmist Charles Dickensi reinkarnatsiooniga noore poisina." Ta kõhkles jälle. „Samuti, kas Lia saab transpordi? Kas ükssarvik Little Dorrit naaseb, kui/kui me nõustume teid aitama?" See oli palju juttu. Ta oli janune ja soovis, et oleks võtnud kaasa pudeli vett.

POP.

Üks ilmus. Ta jõi selle tagasi, pärast seda, kui oli öelnud „aitäh", kellelegi.

Reiki küsis: „Oled sa kunagi kuulnud Erinyesest?"

E-Z raputas pead.

„Tuntud ka kui Raevud," ütles Hadz.

„Mul pole aimugi, mis kumbki neist on... aga mul on ähmane mälestus millestki mängust ehk?"

„Neid tuntakse ühiselt kui Kättemaksu Jumalannasid."

„Räägi mulle rohkem. Kelle vastu nad kättemaksu võtavad?"

„Miks, kogu inimkonnale!" Hadz ohkas.

„Minu sõbrad ja mina rääkisime sellest varem. Enamik inimesi ei tea Hingepüüdjatest. Enamik usub, et meil on hinged. Hinged, mis lähevad kas taevasse või põrgusse - sõltuvalt sellest, milliseid valikuid me oma elus teeme."

„Jah, me oleme sellest teadlikud," ütles Hadz.

„Siis räägi mulle," küsis E-Z. „Kus on jumal kõik seejuures? Jumal või Jeesus, Allah, Buddha... kuidas iganes te teda tunnete. Kus on ta?"

Hadz ja Reiki vahtisid vastamata ettepoole.

„Okei, ma saan aru, et sa ei oska sellele küsimusele vastata. Vastake hoopis sellele. Miks karistavad jumalannad inimesi millegi abil, millest nad isegi ei ole teadlikud? Ma saan aru, et nad on kurjad, aga see kõlab siiski naeruväärselt."

„Lapsed," ütles Hadz.

„Nad karistavad karistamatuid. Aga..."

„Ah, ma ootasin juba aga... Jätka."

„Fuuriad kuritarvitavad oma võimu. Suruvad piire. Nad võtavad sihikule süütuid. Süütuid lapsi, kes mängivad mängu."

„Oot, sa mõtled, et mängides mängivaid lapsi karistatakse asjade eest, mida nad mängus teevad? Aga mängimine ei ole ju reaalne! Kuidas saab neid reaalses elus karistada millegi eest, mis ei ole reaalne?"

„Ma tean seda, ja sina tead seda, aga The Furiesi jaoks on see kõik üks ja sama. Kui mängus kedagi tappa, siis käid sa läbi sama mõtteprotsessi, mida mõrtsukas teeks. See hõlmab selle planeerimist, kavatsust tappa ja siis selle läbi viimist. Mõnel juhul on tegemist massimõrvadega. Ja jah, see on süütu ja neid palutakse teha neid asju, et mängus edasi jõuda. Raevude jaoks on lapsed karistamata ja nad on õiglane mäng, kui nad on mängus sees."

„Oodake hetk!" E-Z hüüatas. „Mida sa siin täpselt räägid? Ma arvan, et ma saan aru, kuidas

Hingepüüdjad siia sobivad, aga see mõte on nii kuri... ma ei taha seda isegi mõelda, rääkimata sellest, et seda välja öelda."

„Raevukad võtavad mängijatele kättemaksu. Need, kes on südames pattu teinud," ütles Reiki. „Nad ei ole mõeldud surema! Nende hingepüüdjad ei ole valmis nende hingi vastu võtma ja nii..."

„Neil pole kuhugi minna," ütles Hadz.

„Ja Raevud koguvad neid siia, luues oma Hingede hõimu. Nad hoiavad laste hinged varastatud Hingepüüdjatesse."

„See tekitab kaose," ütles Hadz.

„Nii et teie, lapsed, peate aitama."

„Oodake korraks!" E-Z ütles. „Oodake kuradi hetk!"

PEATÜKK 25

NELJA SILMA

Oh, oh," hüüdis Hadz, kui tume pilv liikus kiiresti üle taeva ja suundus nende suunas.

„Nad ei saa olla kaitsekilbi läbinud!" Reiki hüüatas.

E-Z heitis pilgu üle õla. See, mida ta nägi, oli must miski, mis ei olnud pilv. Sest see oli madu. Kahvliga keelega, mis lakkus õhku. Kahe silma asemel oli tal palju silmi. Liiga palju, et neid kokku lugeda. Igast neist tilgub verd. Veri ja aurav kollane mädanik.

Selle asja keel nihkus paremalt vasakule. Tekitas piitsutavat heli, samal ajal kui tema lõuad avanesid ja sulgusid. Ja tema kurgust kostis kurguhääl, mis vaheldus kriiskamise ja suminaga.

Tuulega selja taga täitis õhku kõige räigem hais ja jõudis peagi E-Z, Hadzi ja Reiki ninasõõrmetesse.

Lõhn oli väga vastik. Halvem kui väävel. Või mädanenud munad. Vastikum kui septiline vedelik ja mädanevad laibad kokku.

Trio liikus kõrgemale, nii et nad nägid mööda harju, mida nad polnud varem märganud. Selle taga olid hõbedased konteinerid. Hingepüüdjad. Nii kaugele kui silmaga näha oli.

„Nii palju! Kas kõik need on täis lapsi? Oh, ei!" E-Z ütles nina häälega, sest ta oli ikka veel nina kinni pigistanud. Kuigi ta võis ikka veel haisu tunda.

PTOOEY.

Nad põiklesid välja ooey gooey kollase mädaniku pritsmete eest.

„Mis kurat see on?" E-Z hüüatas.

All oli näha hiiglaslikku silmamuna. See oli suletud. Maskeeritud.

PTOOEY. PTOOEY. PTOOEY.

„Oh ei!" E-Z hüüatas. „Silmamullid!"

See tulistas nende poole, tulistades oma kuuma, kleepuvat vedelikku.

„Hoidke kinni!" Hadz ja Reiki karjusid.

Kumbki haaras ühest E-Z-i kõrvast kinni.

„Ahhhhh!" hüüdis ta.

PTOOEY.

E-Z vältis seda muhu, kuid see oleks peaaegu tema ratastooliga kokku puutunud.

FIZZLE.

POP.

POP.

E-Z oli jälle oma voodis. Higihelmed tilkusid tema otsaesist alla.

Samal ajal jätkas Alfred voodi otsas norskamist.

„See oli natuke liiga lähedalt!" ütles E-Z. „Kas nad läbisid kaitsekilbi? Kas nad nägid meid? Kas nad teavad, kes ma olen, kus ma elan?"

„Ei, me saime sealt välja, enne kui nad läbi said," ütles Reiki.

„Võib-olla on see rumal küsimus, aga miks te meid lihtsalt POPi sisse ja sealt välja ei viinud. Selle asemel, et võtta aega, et lennata kogu tee sinna - ja seada meie elu ohtu?"

„Me pidime teile näitama."

„Enne lahingut... Kuidas te seda nimetate..."

„Sa mõtled luuret?" E-Z küsis.

„Jah, see on õige. Me pidime teile näitama. Te pidite seda nägema, oma silmaga. Kogu seda. Millega te silmitsi seisate," ütles Hadz.

„Me arvasime, et see, mida sa õpiksid, oleks riski väärt."

„Seda näitab vist aeg," ütles E-Z.

„Vabandust, kui läksime liiga kaugele," ütles Hadz.

„Me tõesti pidasime silmas sinu parimaid huve."

„Ma tean, et nii oli. Ja mul on hea meel, et ma nägin Hingepüüdjaid. Kui palju neid oli - see tõesti šokeeris mind."

„Jah, see šokeeris ka meid. Ja võid olla kindel, et see šokeeris ka peaingleid. Kui nad seda esimest korda nägid."

„Sa ei oleks pidanud seda ütlema," ütles Reiki.

POP.

Hadz kadus.

„Oh, nüüd on kõik korras," ütles E-Z.

„Ära pane tähele."

„Ma ei saa ikka veel aru, mida The Furies sellest saab? Mis on nende lõppmäng? Kas keegi on seda juba välja mõelnud?"

„Nad lisavad iga päev rohkem. Rohkem lapsi, kes mängivad mänge, kes imetakse nende võrku."

„Aga miks ei ole avalikku pahameelt? Kas me ei peaks rääkima maailma liidritele, presidentidele, peaministritele? Kas nad ei saaks midagi teha?"

„Mõelge järele, mis on esimene asi, mida nad teeksid? Nad saadaksid armee sisse. Veel rohkem inimesi sureks. Rohkem hingepüüdjaid, keda nõutakse enne nende aega.

„Mängimine on meie tähelepanekute põhjal ülemaailmne nähtus. Kurjad õed võtavad pahaaimamatute laste hinged."

„Aga enamikul juhtidel on oma lapsed," ütles E-Z. „Kindlasti, kui nad teaksid, tahaksid nad kaitsta oma lapsi ja nad tahaksid kaitsta ka teisi lapsi."

„Pigem nulliksid The Furies nende lapsed. See oleks nagu kepi ees rippumine," ütles Reiki.

POP.

Hadz oli tagasi.

„Neile meeldiks, kui nad saaksid hävitada suuri ja võimsaid lapsi. Praegu tundub, et nad teevad seda juhuslikult - mängusiseselt valitud." Reiki ütles.

„Räägi mulle rohkem sellest, mida sa neist tead." E-Z küsis.

Hadz sosistas: „Nende nimed on Allie, Meg ja Tisi. Allie kättemaks on viha, Megi oma on armukadedus ja Tisi on tuntud kui kättemaksja."

„Okei, miks nad siis nii halvasti lõhnavad? Ja kuidas neid kolme saab võita?" E-Z küsis oma kella vaadates.

Kell oli just 8. Ta pidi ülejäänud jõuguga rääkima, et Rosalie tagasi saada. Kuidas ta pidi neile rääkima sellest kohutavast kolmikust ja kõigist lastest nendes Hingepüüdjates?

„Legend ütleb, et neid karistati nende tööde tegemise eest, minevikus. Nüüd on nad leidnud selle lünga Virtuaalreaalsusega, mis on uus inimlik leiutis.“ Hadz kõhkles. „Miks ei taha inimesed kunagi elada oma elu nüüdsetes oludes? Miks peavad nad põgenema ja mängima rumalaid mänge, mis panevad nende elu ohtu?“ Kunagine ingel oli punastunud ja äärmiselt pahane.“

Reiki püüdis oma sõpra lohutada, öeldes: „Nad ei tea, mida nad teevad.“

„Teadmatus ei ole vabandus,“ ütles E-Z. „Me peame nad tagasi saatma sinna, kus nad olid enne VR-i leiutamist. Ja meil on vaja, et nad tagastaksid nende laste hinged, kelle nad on valede ettekäänete all võtnud. Ainuke asi on, KUIDAS me peaksime neid veenma, et nad teevad valesti? Et nad varastavad elusid ja karistavad inimesi mõtete, mitte tegude eest?

„Nüüd, kui ma olen saanud pilguheitu Raevukatest - ma tean, et me peame teid rohkem kui kunagi varem aitama. Aga ma pean ikka veel teisi veenma. Isegi kui nad nõustuvad, võitleme me ikkagi vastu. Ma tahan olla positiivne. Ütleme, et oleme ülesandega hakkama saanud. Aga me ei saa seda enne kindlalt teada, kui saabub võitluse aeg."

Ta lõi oma padja ja hoidis seda süles. „Oot, kas nad surid? Ma mõtlen, kas Raevukad põgenesid oma hingepüüdjate eest? Ja kui nad pääsesid, siis kuidas? Kes aitas neil välja pääseda?"

Hadz vaatas Reiki poole ja Reiki vaatas ja Hadz.

POP.

POP.

Nad olid kadunud.

„Suurepärane!" E-Z ütles. „Lihtsalt kuradi fantastiline!"

PEATÜKK 26
BALANCE

E-Z ei suutnud magada, kuigi ta püüdis magada. Ta mõtles pidevalt, esitades endale küsimusi. Küsimusi, millele ta ei osanud vastata.

Niisiis tõusis ta voodist, klõpsas arvutisse ja uuris natuke.

Peagi jõudis ta kulla peale. Kui ta leidis lingi The Furies and the Three Graces. Nad tundusid olevat nagu teineteise yin ja yang. Üks hea, teine kuri. Ta mõtles, et nad võiksid seda teavet enda kasuks kasutada. Kui kurjad jumalannad võis maa peale tuua, kas siis ka häid jumalannasid saaks tagasi kutsuda?

Kõigepealt, enne kui ta soovitas peainglitele neid tagasi tuua - eeldusel, et nad suudavad seda teha. Ta tahtis täpselt teada, mida Graatsiad tooksid kaasa.

Jah, nad olid jumalannad. Taevajumal Zeusi tütred. Nende võimed olid suunatud võlu, ilu ja loovus. Ta luges edasi, kuid ei näinud, kuidas neist oleks palju abi Fuuriate vastu.

Siiski oli tal aega, nii et ta jätkas lugemist Ta luges mõnda Nietzschele omistatud teksti. Tema teooriaid hea ja kurja kohta arutati ja vaieldi ikka veel foorumites.

Siis kerkis talle pähe üks mälestus. Seda juhtus vähem, talle tulid meelde mälestused tema vanematest. Ta lootis, et need ei lõpe kunagi.

See oli vestlus tema isaga. Newtoni kolmandast seadusest. Nad olid võtnud paadi ja käisid kalal.

„See on see, kuidas kala ennast läbi vee edasi liigutab," selgitas isa.

Pärast seda oli ta sellest koolis rohkem teada saanud. Ta arvas, et Newtonil ja Nietzschel oleks olnud päris huvitav vestlus. Aga nende elud olid tuhandete aastate kaugusel.

Siis tabas teda see. Tema, Lia ja Alfred olid Fuuriaga polaarselt vastandlikud.

Kas peainglid teadsid seda juba? Kas sellepärast näisid nad nii kindlalt nõudvat, et ainult tema ja tema meeskond suudavad Fuuriad võita?

Küsimus, mis talle ikka veel pähe tuli, oli - kas nad võiksid võita?

Kas oli üldse võimalik Fuuriad peatada?

Ta pidi seda teistega läbi rääkima.

Ta lülitas arvuti välja ja läks tagasi, et enne teiste ärkamist veidi magada.

Kõik ootasid, et tal oleksid kõik vastused olemas. Tal ei olnud neid, aga ta andis endast parima. Alates sellest, kui temast sai juht, oli elu selline.

PEATÜKK 27
PUNANE ROOM

E-Z oli punases toas. Ruumis, mis haises vere järele. Tugev rauahais valutas ta nina ja ta kattis selle käega, seejärel kõndis paar sammu edasi. Tema sammud jätsid jäljed üle verise põranda. Kus ta oli? Päris põrgus? Vähemalt oli tal võimalus siia sisse joosta, aga kuhu? Siin polnud uksi. Ei aknaid. Ei mingit valgust ja ometi nägi ta, et kõik oli punane. Ja märg.

Ta võttis telefoni välja ja klõpsas taskulambi rakendust. Taskulambi valgusvihku kasutades jälgis ta seinu ümberringi. Need olid kõik ühesugused. Verised ja tilkuvad. Ja haisevad. Ta ootas. Abi kutsuda ei tundunud arukas asi. Tal oleks ehk parem, kui see, mis iganes teda siia tõi, ei tuleks talle vastu. Ta pigem ei kohtuks nendega. Taskulambi valguskiir lülitus välja ja tema telefon suri välja. Kartes end liigutada, seisis ta paigal ja kuulas.

Roomamist, midagi. Libisemine, mööda põrandat. Üks tuli mööda seina alla paremale ja teine vasakule. Kolm. Maod.

Siis muutus õhk ruumis ja tuttav lõhn. Mädanemine. Mädanenud. Väävli. Mädanenud rümbad.

Ta kattis oma nina. Nagu varemgi, ei varjanud see vastikut haisu.

Ta ootas.

Nii et nad tahtsid teda üksi. Ta oli neil olemas. Ta hoolitseks selle eest, et nad seda kahetseksid, kui see oleks viimane asi, mida ta teeb.

„Me võiksime sind hommikusöögiks ära süüa," karjus Tisi.

„Või lõunasöögiks," ütles Alli. „Ma olen ju pisut näljane."

„Või pärastlõunane tee, teda pole palju. Mitte meile kolmele jagamiseks," ütles Meg.

E-Z koondas iga kiud oma olemuse tiibadesse. Need olid tema ainus lootus põgenemiseks ja need olid kasutud.

„Vaata!" Meg karjus. „Ta püüab kasutada oma pisikesi tiibu."

Tisi ja Alli tõstsid end üles. Meg ühines nendega, kui nad hõljusid just tema käeulatuses.

Tema jalgade all värises ja mürises põrand. Nagu oleks see avanemas ja neelaks ta alla. Ta taganes, et end vastu seina kindlustada. Aga kui ta seda puudutas, tundus tema särk märg. Ja kui ta oma käe selle peale pani, tuli see verega kaetud tagasi.

„Ma ei karda, teid kolme ämma!" karjus ta.

„Võib-olla sa ei karda meid - veel -" Meg karjus.

„Aga te kardate väga varsti," susises Tisi.

„Praegu saad sa nende kolmega hakkama," sosistas Meg, tema räpane hingeõhk pani ta peaaegu oksendama.

Kolm madu kasutasid kõrguse võimendust kasutades hüppasid tema poole. Nende kahvliga keeled sülitasid ja sülitasid. Siis hakkasid nad üksteise ümber mähkuma. Liitusid, põimusid. Kuni nad muutusid üheks hiiglaslikuks madu, millel oli kolm pead ja kolm piitsa. Piitsad, mis naksusid E-Z suunas, et teda paigal hoida.

Ta lükkas end edasi tagasi. Tema selja taga pritsiva vere kuulmine andis talle kuidagi lohutust. Tema keha lõdvestus, kui ta seljaga vastu veriselt tilkuvat seina nurka vajus.

„Vaata teda," ütles Tisi. „Ta on lihtsalt poiss ja ta ei ole kellelegi halba teinud. Tegelikult on ta nii tubli, et kahju, et me peame ta hävitama."

„Jah, tema süda on puhas," ütles Meg. „Aga tal on südames must laik. Kättemaksu laik, mida ta tahaks võtta nende vastu, kes vastutasid tema vanemate surma eest."

„Ära räägi minu vanematest!" E-Z hüüdis, surudes end edasi verise seina sisse. Ta kartis. Kartis, et see, mida nad rääkisid, oli tõsi. Ta sulges silmad. Kui ta neid ei näeks, siis ehk läheksid nad ära. Siis andis midagi tema taga järele. Ja ta langes vabalt, tagurpidi. Kukkus. Langedes.

THUMP

Ta maandus oma ratastoolis ja nad lendasid minema.

Tagasi Punases Toas olid Raevukad raevus!

„Minge talle järele!" Tisi karjus.

„Võta ta kinni!" Meg hüüdis.

„Liiga hilja!" Alli ütles. „Ta on nagu kadunud!"

„Lähme tagasi Surmaorgu," ütles Meg. Nad lahkusid, jättes Punase toa tühjaks. Aga nende hais jäi ikka veel püsima.

THUMP.

„Sa veritsed," ütles Sam. „Viime ta vannituppa. Saame näha, kui rängalt ta vigastatud on." Sam lükkas ratastooli ukse poole.

„Ei, seis!" E-Z ütles. „Mul on kõik korras. Veri ei ole minu oma. Aga ma pean end puhtaks tegema. Et haisu maha pesta. Siis selgitan, mis juhtus. Ma luban."

„Niikaua kui sa oled kindel, et sinuga on kõik korras," ütles Sam.

Pärast tema lahkumist ei suutnud Sam, Lia ja Alfred midagi öelda. Nad ootasid vaikides, et ta tagasi tuleks.

Vannitoas asetas E-Z oma ratastooli kaldteele. Kui nad maja ümber ehitasid, leiutas onu Sam talle uue duši. See andis talle rohkem iseseisvust. Ja see oli lõbus! Sarnaselt autopesule.

Ta sirutas käed ja kaela läbi rihmade. Ta vajutas nuppu, nii et ta liikus edasi ja tema tool järgnes talle. Kohe hakkas vesi voolama. Puhastades samaaegselt tema keha ja riideid. Aeg-ajalt pritsis välja dušigeel või šampoon, millele järgnes vesi, et seda ära pesta.

Nüüd, kui ta oli puhas, jätkas ta edasi liikumist ja käivitas kuivatusmehhanismi. See kuivatas teda ja tema riideid ning tegi need minutitega kortsuvabaks.

Kui ta jõudis lõpuni, ühendas ta rihmad lahti ja laskus oma toolile. Ta vaatas end peeglist üle. Tema juuksed nägid juba nii hea välja, et ta ei pidanud neid isegi kammima. Ta suundus tagasi oma tuppa. Kui ta nägi oma sõpru, tõmbus tal kõht püsti ja ta oksendas.

„Vabandust," ütles ta. „Nii kahju."

Lia ja Alfred heitsid talle käed ümber. Nad ei muretsenud oksendamise pärast. Pühendunud sõbrad ei muretse selliste asjade pärast.

Sam läks kaussi ja vett tooma, et vennapoeg puhtaks pesta.

E-Z oli abi eest tänulik ja see andis talle aega mõelda, mida ja kuidas ta öelda kavatseb.

„Aitäh, onu Sam. Uh, mida ma pean sulle ütlema. See ei ole ilus."

„Räägi edasi," ütles Alfred.

„Me oleme sinu jaoks siin," ütles Lia.

„Võtke istet, onu Sam."

Nad loetlesid kõike sõnagi lausumata.

„Ma olen sees," ütles Alfred.

„Mina ka," ütles Lia.

„Mina kolm," ütles Sam.

„Nõus," ütles E-Z. Ja sekund hiljem oli ta teel tagasi valgesse tuppa. Või ta lootis, et sinna ta läheb.

Ükskõik kuhu oli parem kui punasesse tuppa. Ükskõik kuhu.

PEATÜKK 28

VALGE ROOM

Valge ruum tundus kuidagi teistsugune, kui ta jalad maapinda puudutasid.

E-Z tundis end nii õnnelikuna, et ta oli tagasi valge toa mugavuses. Kus ta võis ringi käia. Raamatuid puudutada. Raamatuid nuusutada. Aga midagi tundus kummaline. Välja.

Ta stabiliseeris end. Märkas, et ta käed värisevad. Tema põlved värisesid. Nüüd klõbisesid ta hambad.

Ta kääris käed enda ümber ja soovis, et oleks võtnud kaasa oma jope. Ta ootas, oodates, et see saabub. Seda ei tulnud.

„Mis koht see on?" küsis ta.

Vastust ei tulnud.

„Juustuburger friikartulitega," ütles ta.

Ei midagi.

„Chop suey, munarulliga," ütles ta rohkem autoriteediga.

„Ma nõuan teada, kus ma olen!" hüüdis ta.

Ei midagi.

Nadda.

„Rosalie?" hüüdis ta. „Kas sa oled seal? Eriel? Raphael? Keegi? Hadz? Reiki?"

Jällegi mitte midagi.

Isegi mitte viisakas PFFT, et teda lõdvestada.

Raamatute tuttavlikkus oli ainus ankur, mis teda siinkohal hoidis. Ta suundus redeli juurde, liigutas selle D-i alla. Eeldades, et leiab Charles Dickensi, hakkas ta ronima. Selle asemel avastas ta, et iga raamat, mida ta puudutas, oli seotud mängumaailmaga.

Mida?

Ja ühelgi raamatul ei olnud tiibu. Nad olid kõik täiesti uued. Nagu poleks keegi neid varem avanud.

Ta oleks peaaegu redelilt maha kukkunud, kui hääl ütles,

„E-Z Dickens - see ei ole see valge tuba, mida te tunnete. See on koopia. Teid on saadetud siia uurima. Kõik vajalikud raamatud on teie käeulatuses. Iga raamat tuleb läbi lugeda ja läbi vaadata."

„Ma ei saa kõiki neid raamatuid kiiresti läbi lugeda; mul kuluks aastaid, et kõik need raamatud läbi lugeda!"

„Sellepärast antakse sulle lisavõime. Võime, mis saab teoks ainult selle ruumi seinte sees. Loe nüüd. Kiiresti. Raevukalt. Jätke kõik meelde."

Kui see hääl lõppes, algas teine,

„Kümme, üheksa, kaheksa, seitse, kuus, viis, neli, kolm, kaks, üks. Nüüd loe E-Z Dickensit. Hakka sellega tegelema."

E-Z ruttas iga raamatu läbi.

Kui ta ühe lõpetas, langes talle kohe teine kätte. Siis veel üks ja veel üks.

Ta luges neid kõiki, kuni ei suutnud enam lugeda.

Ta lootis, et ta pea ei plahvata!

Siis kukkus ta vastu seina, surus end nurka ja nuttis, samal ajal kui tema peas formuleerus plaan.

Idee tuli talle pähe, kui ta mõtles PJ-le ja Ardenile. Miks olid Raevud nad Hingepüüdjate asemel koomasse pannud? Nad olid mängus - nad mängisid kogu aeg mänge, miks mitte neid tappa?

Plaan käis nii: Ta ja tema meeskond leiutaksid omaenda mitmikmängu. Sam tunneks inimesi, kes võiksid tööstuses aidata. Kui The Furies sööstaks nende hingede järele - nad võtaksid nad nad maha.

Ta soovis, et Arden ja PJ oleksid temaga koos mängimas - sest nad oleksid tema seljataga. See oli okei, tal oli nende seljatagune. Ta kavatses nad päästa ja vabastada.

Ta kõndis edasi-tagasi, mõtles seda kõike läbi. Üks aspekt ei toimiks. Kui ta kaasaks ta mängu ja keelduks tapmast - nad oleksid tema kallal. Ja see võib teisi ohtu seada.

Ei ole nii, et ta saaks kõigile maailma mängijatele öelda, et nad lõpetaksid mängimise. Kui ta ütleks neile tõtt, et kolm jumalannat üritavad nende hingi röövida, paneksid nad ta kinni.

Ometi oli see ainus mõte. Ainus selge tee, mida ta nägi, et võita fuuriad nende enda mängus.

Resigneerunult, et ta ei osanud midagi paremat välja mõelda, ütles ta: „Tooge mind sealt välja."

Ja just nii oli ta üksi tõelises valges ruumis koos Rosalie ja Raphaeliga. Ta imestas, kus Eriel oli, mitte et ta teda igatses.

„Okei, mul on idee. Omamoodi plaan," ütles ta. „Aga ma ei ole kindel, kas see töötab. Mul on vaja vastuseid kahele küsimusele. Ja mul on palve kolmanda kohta - see palve ei ole läbiräägitav."

„Küsige," ütles Raphael.

„Number üks, kas ma suudan päästa oma parimad sõbrad PJ ja Arden, kui me fuuriaga silmitsi seisame?"

Raphael kõhkles enne rääkimist. „Kui sul õnnestub, pole mingit põhjust, miks su sõbrad ei pääse."

„Risti südamega?" küsis ta.

Ta tegi seda.

„Nagu ma kahtlustasin, on nende seisukord tingitud Fuuriast. Kas see on nii?"

„Jah, me usume, et see on tõsi. Teie sõbrad on teatud mõttes õnnelikud, sest nende hinged jäävad terveks. Mida me ei suuda välja selgitada, on see, miks, see on siis, kui nad olid Fuuriate sihtmärgiks. Igal teisel meile teadaoleval juhul on nad võtnud laste hinged. Me ei tea ühtegi teist sellist, nagu teie sõbrad, kes on jäänud koomaseisundis ellu."

„Mul on ka selle kohta üks mõte, aga mul on vaja teada, et kui Fuuriad on võidetud, mis juhtub PJ-ga ja Ardeniga? Mis saab kõigist lastest, kelle hinged on juba hingepüüdjate sees? Nad ei pidanud surema. Ja mis juhtub kodutute hingedega?"

„Praegu kasutavad Raevukad interneti jõudu. See annab neile ligipääsu iga inimese südamesse ja kodudesse planeedil. Te kõik olete justkui jätnud oma uksed ja aknad lahti - nii et igaüks võib sisse pääseda. Tõsi, Füüriasid on ainult kolm - kuid nende võimed on suured. Nad on müütilised olendid, jumalannad, kelle päritolu ulatub tagasi Zeuseni. Te olete ju kuulnud Zeusest?"

„Ma lugesin, et ta oli taevajumal ja Kolme Grace'i isa. Kas nad suudaksid meid aidata, kui sa neid tagasi tooksid?"

„Zeus ei ole selles asjas. Ka tema tütred ei ole. Meie, peainglid, ei mängi ajaga. Ja me oleme alati uskunud, et Hingepüüdjad on pühad. Puutumatud. Kuni praeguseni."

„Suurepärane, te arvate, et mu sõbrad on olnud Fuuriate sihtmärgiks, aga te ei ole päris kindel. Mitte rohkem kui mina, eks?"

„Õige. Sest ma ei saa sajaprotsendiliselt jah või ei öelda. Kui su sõbrad mängisid mänge. Ma mõtlen mängude raames tapmist... Siis vastaksid nad Fuuriate kriteeriumidele.

„Aga kui nad tahaksid neid surnuks - nad oleksid juba surnud. Välja arvatud... Ei, see ei oleks mõttekas. See tähendaks, et nad teavad sinust ja su meeskonnast. Nad ei saa kuidagi teada. Me oleme seda saladuses hoidnud. Kui nad teaksid, siis hoiaksid nad teie sõpru elus juhuks, kui nad vajaksid mõjuvõimu.“

„Sa mõtled, et läbirääkimisvahendiks?“

„Võimalik, ausalt öeldes ma ei tea. Nagu ma ütlesin, me oleme hoidnud kõike sinu ja su meeskonna kohta saladuses. Meie, kaasa arvatud mina ja teised peainglid, teeksime kõik, et sind kaitsta.

„Fuuriad on sajandite jooksul saanud volitusi. Aga nad ei ole kunagi sihikule võtnud süütuid lapsi. Nad ei ole kunagi oma päevakorda oma eesmärkide saavutamiseks väänanud.“

„Mis on nende eesmärgid?“ E-Z küsis.

„Seda me ei tea.“

E-Z ütles: „Sellepärast ongi meil vaja parimat võimalust, et nende vastu võita.“

„Täpselt, aga iga päev varastavad nad rohkem laste hingi ja kiirendavad seda protsessi.“

„Kiirendavad, kui palju?“ E-Z küsis.

„Tuhandetes, arvame, aga varsti on see miljonites. Varsti on liiga hilja neid peatada.“

„Okei, ma saan aru, mis siin ohus on, aga me oleme alles lapsed ja me ei taha pimesi minna. Me oleme surelikud ja nemad ka. Me peame mõtlema, kaaluma kõiki võimalusi, enne kui riskime oma eludega.“

„Me mõistame ja nagu ma ütlesin, me hoiame teile selja taga.“

„Nüüd minu järgmise küsimuse juurde, ma tahan teada, mida ma peaksin tegema kümneaastase Charles Dickensiga?“

„Oh seda,“ ütles Raphael. „Esiteks, meil polnud tema reinkarnatsiooniga midagi pistmist. Meil on teooria, lisaks sellele, mida me teile ütlesime, nimelt, et te kutsusite ta välja. Me ei tea, kas tema tagasipöördumine, oli nende poolt viga. Võib-olla avanes universum ja saatis ta teile appi, tasakaalustuseks. Lõppude lõpuks on ta ju veresugulane. Ja ta on jutuvestja, ja krundimeister. Tal võib olla vahendeid ja teadmisi, millest te veel ei tea, et aidata teil Raevu võita.“

E-Z valis oma sõnad hoolikalt. „Aga ta on laps. Ta ei ole veel ühtegi asja kirjutanud. Ta on häiriv ja ta on teisest ajast ja võib meid ja meie missiooni ohtu seada.“

„See sõltub," ütles Raphael. „Ta võib olla salajane relv. Ta on siin, sinu jaoks. Kui sa temasse usud. Et ta on sündinud kirjanikuks. Siis on tal kümneaastaselt juba kõik vajalikud oskused olemas. Kasutage teda enda kasuks, kui te nii otsustate."

E-Z surus rusikad kokku. „Sa tahad öelda, et me peaksime mu nõbu sööta kasutama?"

Raphael naeris ja lehvitas, tekitades asjatut tuulehooga.

„Sellest oleks abi, kui sa lõpetaksid nii palju lehvitamise," ütles Rosalie. „Ma olen kihiliselt kampsunitega kaetud, ikkagi ei saa ma siin sooja. Muide, ma tahaksin nüüd koju minna. E-Z ja teised on nõus, nii et ma olen oma osa ära teinud. Nüüd siis hüvasti, hüvasti. Las ma lähen koju."

BINGO.

Rosalie kadus ja maandus tagasi oma tuppa. Ta vestles mõtetes Lia'ga, öeldes talle, et ta on tervena tagasi tulnud ja läheb nüüd magama.

E-Z mõtles veel ühele mittekohustuslikule nõudele.

„Ma tahan, et Hadz ja Reiki oleksid minuga koos, meie meeskonnas."

Raphael naeratas. „Hadz ja Reiki on Erieliga seotud meie juhi Miikaeli poolt."

„Las ma räägin siis temaga. Need kaks on meid aidanud. Nad tulevad, kui ma kutsun. Kui me kavatseme võidelda iidse kurjuse vastu, on meil vaja neid kahte meie kõrval, et meid aidata.“

„Mihkel ei saa sinuga rääkida. Kuid ma esitan teie palve. Kui ta peab seda vajalikuks, annab ta mulle teada ja mina omakorda teile. Kas on veel midagi?“

„Jah. Mul on vaja teada, kuidas vabaneda Raevust. Kas me peame neid tapma? Et saata nad tagasi sinna, kust nad tulid? Mida täpselt te palute meil nende jumalannadega teha?“

„Siduge nad, hoidke neid kinni - ja meie teeme ülejäänu. Kui teie plaan toimib, siis peaksime suutma Hingepüüdjad kontrolli alla võtta. Me paneme kõik tagasi nii, nagu see oli.“

„Mis saab neist, kes surid, enneaegselt?“

„Kõik võrdsustatakse... kui vaenlased on neutraliseeritud.“

„Enne kui sa mind tagasi saadad,“ ütles E-Z, „on mul vaja midagi, mingit kindlustunnet, et sa meile uuesti üle ei lähe. Hadzi ja Reiki andmine meile pidi olema see kindlustus, aga kuna te seda mulle anda ei saa, siis vajan ma midagi muud. Midagi, mida ma saan teistele tagasi viia ja öelda, et see on tõestus, et nad ei hülga meid, nagu nad on varem teinud.“

„Nagu näiteks?“

„Sinu prillid peaksid piisama,“ ütles ta.

Raphael langes põlvili, ta tiivad lakkasid laperdamast ja taandus. „Mitte seda, kõike muud kui seda,“ hüüdis ta. „Ilma mu prillideta pole minust abi ei sulle ega kellelegi.“

„Peainglid on Rosalie't siin vastu tema tahtmist kinni pidanud. Kasutasid teda, et minuni jõuda. Te olete muutnud antud lubadusi, tühistanud minu katsumusi...“

Ta puudutas oma prillide servi, siis võttis need ära. Tema kätes muutusid prillid maduiks, punaseks maduiks, mis roomas E-Z käe peale ja lipsas üles, üles, üles.

„Mis kurat!“ E-Z hüüdis, kui madu jätkas tema kaelas ülespoole. Üle tema lõua serva. See libises üle tema tihedalt suletud huulte. Üles ja üle ta nina. Siis poolitas see end ja mähkis ühe otsa ümber mõlema kõrva. Siis pöördus tagasi oma algsesse olekusse pulseerivate silmalaugude juurde.

„Minu prillid on nüüd sinu, mida iganes sa ka ei tee - ära lase Raevudel neid sinult ära võtta. Kui see juhtub, siis me kõik hävineme."

„Oota!" ütles hääl seinast. „Mis siis, kui sa ebaõnnestud? Te olete ju ainult lapsed."

„Ma ei saa lubada edu - aga me anname endast kõik, mis meil on. Aga oleks hea teada, et kui me vajame teie abi, siis te kasutate oma võimeid meie aitamiseks."

„Lepime ära," kostis hääl.

E-Z oli tagasi oma toas ratastoolis, punased prillid pulbitsesid tema näol.

„Sa pead selle tegevuse lõpetama," ütles onu Sam, kes oli oma vennapoja voodit tegemas. „Enne kui ma unustan, käisime Sam ja mina täna PJ ja Ardeni juures, kui me haiglas kontrolli tegime. Jooksime kokku PJ isaga; ta andis meile ajakohast teavet. Nad jagavad nüüd haiglaruumi, kuid kummagi seisund ei ole muutunud."

„Tänan, ma tahtsin neile helistada. Hea küll, kogunege kõik kokku."

PEATÜKK 29

MIS SAAB EDASI?

"**K**as teil on vaja, et ma jääksin?" Sam tegi pausi. „Sest mu naine ootab, et ma tema jalgu masseeriksin. Laps saabub iga päev, nii et teda ootama jätta ei ole võimalik."

„Uh, mine ja hoolitse tema eest," ütles E-Z. „Ma räägin sulle hiljem kõik üksikasjad."

Lia kallistas Sami.

„Tänan," ütles Sam, kui ta ukse enda järel kinni pani.

Esikell kõlas.

„Ma sain selle!" Sam hüüdis, kui ta jooksis välisukse poole.

„Tal on palju tööd," ütles E-Z.

„Siis on lihtsam, kui laps tuleb," ütles Lia.

„See saab olema kaootilisem," ütles Alfred. „Aga ärgem muretsegem selle pärast praegu."

„Nii, mis on viimased uudised?" Lia küsis.

„Alustage positiivsetest, kui neid on. Ma loodan väga, et neid on," ütles Alfred.

„Hea uudis on see, et mul on idee. Kurb uudis on see, et mul pole aimugi, kas see töötab meie vaenlaste vastu. Nad on tuntud kui „Raevud". Kas keegi teist on neist kuulnud? Ma teadsin nime mütoloogiast, ja nad esinevad mõnes mängus."

Lia raputas pead eitavalt.

Alfred ütles: „Ma olen neist kuulnud, aga see oli ammu. Arvan, et me lugesime neist keskkoolis, omal ajal. Ma mäletan küll, et nad olid kurjad - võib-olla kolm tükki? Ja kas nad pole mitte jumalannad? Mul on Meduusast kujutluspilt peas. Kas nad olid sugulased?"

„Nad on hullemad. Palju hullemad, sest neid on kolm," ütles E-Z. „Kui ma oksendasin, noh, see oli kohe pärast teist kohtumist nendega. Esimesel kohtumisel oli see Hadziga ja Reikiga. Mida nad nimetasid väikeseks luureks. Ja ärge muretsege, me olime varjatud, aga ma õppisin palju. Nad rajasid peakorteri Death Valley'sse.

„Nagu me kahtlustasime, on nende sihtmärgiks lapsed. Mängude maailmas. Lia, sa küsisid, mis on nende eesmärk... See on laste survestamine. Meie vanuses lapsed ja isegi nooremad.

„Kui nad nad kätte saavad, varastavad nad nende hinged. Ja nad panevad need teiste inimeste jaoks mõeldud hingepüüdjatesse. Nii et kui nad surevad, ei ole nende hingedel kuhugi minna.“

„See on nii kurja!“ Lia ütles.

„Nii et kui Hingepüüdjate tõelised omanikud surevad, mis juhtub nende hingedega? Ma mõtlen, et kui nende hingedel pole kuhugi minna - ei koju, ei taevasse -, siis mis nendega juhtub?“ Alfred küsis.

„Selles ongi asi. Neil ei ole igavest puhkekohta - nii et kui nad surevad, siis nad lihtsalt hõljuvad ringi. See on igatahes lühendatud versioon. Ja me peame Raevu peatama ja me peame nad peagi peatama.“

„Kuidas nad laste hinged võtavad? Ma ei saa aru,“ küsis Lia.

„Mina ka mitte,“ ütles Alfred. „Lapsed, eriti lapsed, kes mängivad mänge, on väga arvutiteadlikud. Kuidas nad ennast ohtu seavad? Kuidas pääsevad Raevud neile ligi nende kodudes, otse nende vanemate nina all?“ Ta mõtles hetkeks: „Kas nad on vastutavad selle eest, et PJ ja Arden on koomas?“

„Okei, Lia küsimus kõigepealt. Fuuriad karistavad neid, kes on karistamata - see on ajalooliselt olnud nende eesmärk. Nende peamine relv on alati olnud kahetsus. Nad panevad inimesi end süüdi tundma. Et nad kahetseksid, et on teinud valesti. Ja kui nad seda teevad, võtavad nad kontrolli enda kätte. Nad ajavad nad hulluks, panevad nad ennast hävitama.

„Ma rääkisin sulle sellest poisist, kes tuli minu koju ja üritas mind maha lasta? Ta ütles, et keegi mängus ütles talle, et nad tapavad tema pere, kui ta mind ei tapa. Nad panid teda minu peale minema, sest ta tegi mängus toiminguid. Mul kulus Erieli vihje, et seda seost luua. See tundus sel ajal kummaline, aga see ei tulnud kohe meelde.

„Nii nad seda teevad. Laps mängib mängu ja selleks, et mängus edasi jõuda, peab ta kedagi tapma või isegi massimõrva sooritama või, noh, sa saad aru. Reaalses maailmas on need asjad patt ja seadusega vastuolus, mängus on need osa mängust. Enamiku mängude puhul on see ainus eesmärk.“

„Oot,“ ütles Alfred. „Kas sa tahad öelda, et nad karistavad lapsi mängus nii, nagu nad paneksid päriselus toime mõrva?“

„Just nii,“ ütles E-Z. „Just seda nad teevadki. Kuidas nad kasutavad mängutööstust selleks, et õigustada - ei, ma ei usu, et see on õige sõna. Ma mõtlen, et andestada nende tegevust laste hingede võtmisel.“

Lia sulges käed ja tegi neist rusikad. Siis kattis ta nendega kõrvad, nagu ei tahaks ta enam kuulda. „Sul on täiesti õigus E-Z. Meil ei ole valikut - me peame neile nõidadele tingimata lõpu tegema. Mida kiiremini, seda parem.“

„Ma tean,“ ütles E-Z, „aga see ei saa olema lihtne. Nad on jumalannad, tuntud ka kui Pimeduse Tütred ja Erinyes. Nende eesmärk number üks on karistada kurjategijaid ja mängu raames - kõik on kurjad. See on ainus võimalus mängus edasi liikuda.“

„Sa ütlesid, et sul on plaan, mis see on?“ Alfred küsis.

„Kõigepealt vastan su küsimusele PJ ja Ardeni kohta. Minu sisetunne ütleb, et vastus on jah. Aga ma küsisin Raphaelilt, kas ta võiks seda kinnitada. Ta ütles, et ei saa sada protsenti öelda nii või teisiti. Kuna Fuuriad ei ole kunagi - tema teada - käinud hinge varastamas. Rääkimata kahest hingest.

„Oh, veel üks asi, mida ma pean teile ütlema, on see, et Surmaorgis on tuhandeid Hingepüüdjaid. Võib-olla rohkem kui tuhandeid ja arvukus kasvab iga päevaga. Neid on nii kaugele, kui silmapiirini ulatub.“ Ta peatus, nagu oleks tal süda kurgus, ja pühkis pisara ära.

„Raske oli olla selle tunnistajaks. See, mida nad teevad, on nii ettekavatsetud, tahtlik. Mida ma aga ei saa aru, on see, mis on neile kasulik. Ma mõtlen, et Hadz ja Reiki olid õiged, kui viisid mind sinna vaatama. Kui nad oleksid mulle rääkinud, ilma mulle näitamata... see ei oleks mind nii kõvasti tabanud. Oh, ja Raphael ütleb, et nad suurendavad oma tarbimist iga päev. Nii et meil ei ole palju aega istuda ja mõelda. Meil on vaja plaani ja me peame tegutsema.“

„Kas nad on surelikud?“ Alfred küsis.

„Jah, me oleme tasemel,“ ütles E-Z. „Niisiis, plaan, mille ma välja mõtlesin, oli teha oma mäng. Onu Sam võiks aidata. Kui ma mängin, et uhkeldada tapmisi, siis tulevad Raevud mulle järele. Kui nad seda teevad, paneme nad lõksu ja tapame nad mängus.

„Ma arvasin, et nende jõud võivad mängus väheneda. Aga siis tuli mulle pähe - mis siis, kui ka minu omad muutuvad.“

„Me ei teaks seda enne, kui on liiga hilja,“ ütles Alfred.

„Nii ongi. Mida rohkem ma selle üle mõtlesin, seda vähem tõhus tundus see mõte. Rääkimata sellest, et kui neil on PJ ja Arden, kes on kinni limbos, kuni nende kontrolli all... Noh, nad võiksid nende hinged ära võtta. Ja me kaotaksime nad.“

„Sa mõtled, et see võib olla lõks?“ Lia küsis.

„Täpselt.“

„Sa andsid meile palju mõtlemisainet,“ ütles Alfred. „Ma arvan, et peaksime selle üle magama, mõtisklema ja räägime sellest homme uuesti.“

„Ma ei ole kindel, kas ma suudan magada,“ ütles Lia, "aga ma olen nõus, teeme pausi. Ma vajan aega, et mõelda, kui suurde ohtu me end paneme. Me peame veenduma, et me hoiame üksteisele selja taga.“

„Muidugi,“ ütles E-Z. „Vahepeal vaatan, kas ma suudan välja mõelda plaani B.“

Lia lahkus toast ja sulges enda järel ukse.

„Huvitav, kes oli esiuksel?“ E-Z küsis.

„Võime hommikul Samilt küsida, ta on ilmselt ikka veel hõivatud oma naise jalgade hooldamisega.“

Nad naersid. „Kõlab nagu plaan.“ E-Z. „Head ööd, Alfred.“

„Head ööd, E-Z.“

PEATÜKK 30

OOOH, BABY BABY

„**T**ta laps on tulemas!" hüüdis Sam mõned tunnid hiljem.

Teel mööda saali hoidis ta Samantha kätt ühes käes. Üle õla oli riputatud ööbimiskott. Ta haaras autovõtmed.

„Sa ei sõida, kullake," ütles Samantha, pannes võtmed tagasi lauale.

E-Z tuli saali. „Tahad, et me sinuga kaasa tuleksime?"

„Mul on kõik korras," ütles Samantha. „Lia magab ikka veel sügavalt."

„Ma äratan ta üles ja me kohtume haiglas, okei?"

Lia heitis pilgu üle õla. „Ma olen juba takso kutsunud. Ta ei sõida."

Sam naeratas: „Ta on boss."

„Varsti kohtume," ütles E-Z. „Muide, kes see oli eile õhtul uksel?"

„See oli Rosalie. Ta oli kurnatud, nii et panime ta külalistetuppa."

„Okei, aitäh," ütles E-Z.

Kui ta mööda koridori Lia toa poole veeretas, imestades, mida Rosalie seal tegi, koputas ta uksele.

„See olen mina, Lia," ütles ta. „Sinu ema ja onu Sam lähevad haiglasse. Laps tuleb!"

Esmalt kostis kolinat, siis avas Lia ukse. Tema öökapil olev lamp oli põrandal voodi kõrval. „Ma olen kohe valmis," ütles ta. Ta sulges ukse.

Ta liikus edasi külalistetuppa. Ta vaatas sisse ja Samil oli õigus, Rosalie magas sügavalt. Ta läks tagasi oma tuppa, riietus ja püüdis Alfredi mitte äratada. Luiged ei olnud haiglasse lubatud, nii et tema äratamine oleks alatu - ta tunneks end kõrvalejäetuna. Ta kirjutas märkuse, et Rosalie magab külalistetoas ja et ta peaks tema eest hoolitsema, kuni nad tagasi tulevad. Ütle talle, et ta end nagu kodus tunneks, kirjutas ta. Ta jättis märkuse, et Alfred ei jääks sellest ilma, kui ta üles ärkab.

E-Z sulges ukse enda järel ja lukustas selle, siis istusid ta ja Lia ootavasse taksosse ja võtsid suuna haiglasse.

Nad järgisid tähiseid ja leidsid peagi beebiosakonna. Sam oli seal, kõndides üles-alla nagu ootavad isad televisioonis.

„Kuidas sul läheb?" E-Z küsis.

„Kuidas mu ema on?" Lia küsis.

„Aitäh teile mõlemale, et tulite," ütles Sam. Tema käsi värises, kui ta püüdis pudelist vett juua. „Samantha on tõesti väga hästi. Ma mõtlen, et ta on sinuga Lia juba läbi teinud, nii et ta teab, mida oodata ja mina olen. Noh, ma ei tea, kas ma saan sellega hakkama. Kursus, mille me läbisime, et meid tänaseks ette valmistada, oli hea - aga tegelikkus on hoopis teine. Ma vihkan haiglaid."

„Kõik vihkavad haiglaid," ütles E-Z. „Aga kui nad tulevad läbi nende kiikavate uste. Ja ütlevad, et sind on vaja... Siis pead sa end kokku võtma ja sinna sisse minema ning oma naist aitama. Pea meeles, et te olete meeskond, koos selles asjas. Te saate sellega hakkama!" Ta patsutas onule selga.

„Ma tean."

Lia pani pea Sami õlale. „Sa saad suurepäraselt hakkama."

Õde jõudis kohale. „Teie naine vajab teid. See ei kesta enam kaua. Ma viin teid pesemisele ja siis võite olla oma naise juures, kui me ta maha võtame.“

Sam noogutas ja läks minema.

Viimane ilme tema näol meenutas E-Z-le kedagi, kes seisab hukkamisrühma ees.

„Ta saab korda,“ ütles Lia, patsutades E-Z kätt.

Tundide pärast tuli Sam nende juurde tagasi, lai naeratus üle näo. „Mul on veel üks tütar,“ ütles ta, “ja poeg!“

„Kaks last?“ Lia ja E-Z ütlesid ühehäälselt.

„Jah, kaks. Me nägime skaneerimisel ainult ühte.“

„Kuidas mu ema on?“

„Ta on hiilgav! Hämmastav!“

„Kas me saame teda näha? Ja beebisid?“

„Andke neile paar minutit, et asju ette valmistada. Siis saad sa kohtuda oma venna ja õega Lia, ja E-Z sa saad kohtuda oma nõbudega.“

„Tead juba, mis nime sa neile annad?“ E-Z küsis.

„Jah, aga me ütleme sulle koos.“

„Üsna õiglane,“ ütles E-Z.

„Kaks last, selles majas - koos kõigi teistega,“ ütles Lia.

„Ma mõtlesin sama asja. Meil on maja juba täis… aga me saame hakkama. Me saame alati hakkama.“

Nad istusid koos ja ootasid.

EPILOOGI

Nädalaidhiljem oli 17. jaanuar. Jõulud olid tulnud ja läinud kogu tavapärase pidulikkuse ja hiilgusega, nagu ka uue aasta sissejuhatus. E-Z oli veel ühe aasta vanem, magus kuusteist ja tema toas oli kogu jõuk koos. Charles Dickens liitus nendega Facetime'i kaudu.

Koridori lõpus tekitasid kaksikud - Jack ja Jill - ärevust. Sam ja Samantha olid alles harjunud uute tulijate rutiiniga. Keegi majas ei olnud eriti maganud, kuni nad avasid oma jõulukingitused. E-Z, Lia ja isegi Alfred said heliblokeerivad kõrvaklapid.

E-Z oli mõelnud, kuidas nad saaksid muul moel Raevu võita. Lisaks tema ideele minna neile mängus järele. Vähesed muud võimalused olid käes.

Samal ajal, kui teised magasid, oli ta Charlesiga internetis paar korda vestelnud. Charles arvas, et neid nende enda mängus võita oleks „täiesti jõhker". '

E-Z oli veidi mures, milliseid muid väljendeid need detektoristid Charlesile õpetasid. Üheskoos otsustasid nad oma arutelusid täiendada, kuidas mängude ideega edasi minna.

„See on lihtne," ütles Charles Dickens. „E-Z ja mina rääkisime teisel päeval telefonis ja mõtlesime välja, mis võiks toimida. Kui neil on mingi info „Kolme" kohta - ma mõtlen, et te olete kogu internetis -, siis nad teavad sinust. Aga minust nad ei tea.

„Mitte, et nad mind kardaksid. Kuigi Edward Bulwer-Lytton kirjutas kunagi, et „sule on vägevam kui mõõk". Sel juhul loodan, et see oleks tõsi.

„Niisiis, ma olen harjutanud oma sõprade detektoristidega. Me arvasime, et parim mäng on olemasolev mäng. Ja me arvame, et teame täiuslikku mängu.

„Selle nimi on The PK Crew. Mängu reiting on 13+ või mõnes kohas 12+ ja see on tasuta. Mängu motiiv on tappa kõik, sealhulgas oma pere ja sõbrad. Iga tapmise eest premeeritakse sind, aga kui tapad lähedasi, saad isegi rohkem punkte. Rohkem raha. Isegi kurikuulsust mängu sees. Sinu pilt PK TV televisioonis. Ajalehe The Peachy Keen Times esilehel. Mäng toimub väljamõeldud linnas nimega Peachy

Keen. See on täiuslik lõks - ja see on mäng, mille me ise käivitame. Mina mängin kaheteistkümneaastasena, nad tulevad mängu ja teie, poisid, olete juba seal."

„See saab olema piisavalt ohutu," ütles E-Z. "Ma mõtlen, et sa oled juba surnud - ma mõtlen oma eelmises elus -, nii et nad ei saa sind tappa."

Uksele koputati. „See on avatud," ütles E-Z.

Lia hüppas püsti ja heitis käed Rosalie ümber. „Tore, et sa ärkvel oled," ütles ta sõbranna paksu kampsuni sisse mähkudes.

Rosalie oli saanud nende meeskonna oluliseks osaks. Siiski oli tal lubatud nendega koos olla vaid ühe päeva. Pärast seda pidi ta koju tagasi minema.

Kui ta üle toa istuma asus, patsutas ta Alfredi luigele pähe. Neist kõigist oli saanud kiired sõbrad, sest ta oli saabunud enne lapsi.

„Mul on teile mõned asjad rääkida. Esiteks, aitäh, et olete mind nii teretulnud. On olnud tore teid näha ja tänan, et ma tunnen end teie meeskonna liikmena."

„Ahhhhh," ütles Lia.

„Mida ma pean ütlema, on see, et ma olen kirjutanud raamatusse teistest lastest, kellel on erivõimed nagu teilgi. See on mu öökapilaua sahtlis. Kui te järgmine kord külla tulete, annan selle teile, et te saaksite minna ja teisi appi kutsuda, et nad aitaksid teil Raevu võita."

„Me vajame kogu abi, mida saame," ütles Lia.

„Raphael ja Eriel arvavad, et nad saavad teid aidata, seepärast tahtsid nad, et ma neile üksikasju annaksin. Seepärast kirjutasin selle üles - et ma ei unustaks midagi olulist."

„Kas sellepärast tõmbasid Raphael ja Eriel sind valgesse tuppa?" E-Z uuris.

„Jah ja ei. Ma mõtlen, et jah. Nad teavad teistest lastest. Aga ei, nad ei palunud minult otsesõnu, et ma nende kohta teavet annaksin. Ma tean, et need lapsed on sulle tähtsad ja ilma nendeta ei saa sa The Furiesi võita."

„Mida sa tead The Furiesist?" Alfred küsis.

Rosalie võpatas ja pani käed risti. „Ma tean nende kohta mõned asjad. Näiteks, et nad on kolm hirmuäratavat õde, kes on siin maa peal tagasi, et mitte midagi head teha."

E-Z ütles: „Sa ei tee nalja. Ma olen omal nahal näinud, millist kahju nad on seni teinud. Me töötame välja plaani. Aga ütle meile, kus on need teised lapsed? Kas sa arvad, et nad aitavad meid? Seda juhul, kui me suudame leida viisi, kuidas neid siia tuua."

„Nad on tublid lapsed, aga te peate neilt ja nende vanematelt luba küsima. Üks on teisel pool maakera Austraalias, üks Jaapanis ja teine Ameerika Ühendriikides Phoenixis, Arizonas. Võib-olla on veel teisigi, aga need kolm on ainsad, kellega ma olen seni ühendust võtnud," ütles Rosalie.

„Teisest küljest teeb uute laste sissetoomine asjad keerulisemaks," ütles E-Z. „Pealegi, kui me ebaõnnestume, siis ei ole kedagi, kes meie asemele üle võtaks. Võib-olla oleks meile parem, kui me ise hakkama saaksime, võimalikult väheste kokkupuudetega. Kui me suudame seda teha, ma mõtlen, et võtame The Furiesi välja - milleks kaasata teisi? Võõrad? Miks riskida teiste laste eludega?"

„See polnud ammu, et me kõik olime võõrad," ütles Alfred.

„Ma olen ikka veel võõras - kuigi me oleme sugulased," punnitas Charles Dickens. „Aga ma ei ole üks neist kolmest. E-Z on vastutav ja ma teen hea meelega seda, mida ta heaks arvab. Detektoristid ütlevad, et ma olen algaja. Ja see on tõsi."

Rosalie vaatas poisile ekraanil otsa. „Meid ei ole korralikult tutvustatud," ütles ta. „Ma olen Rosalie ja ma olen üsna kindel, et ma olen rohkem algaja kui sina.“

Charles naeris. „Ma olen Charles Dickens.“

„Olete te sugulane, teate, THE Charles Dickensiga?“ Rosalie küsis.

„Uh, jah, ma olen tema - reinkarneerunud.“

Rosalie naeris. „Ma arvasin, et olen kõike kuulnud. Noh, mul on hea meel kohtuda teiega, Charles.“

Esiuksele koputati valjult.

Paar sekundit hiljem astusid saapad vastu Sami proteste mööda koridori.

„Rosalie,“ ütles kahest mehest kõige mürtsakam mees läbi suletud ukse. „On aeg koju tagasi pöörduda. Sa vajad oma ravimeid, nii et tule välja, või me peame sinu järele tulema.“

Rosalie tõusis püsti: „Paistab, et ma ütlesin sulle kõik, mida sa pead teadma, ja seda just õigel ajal.“ Ta kõndis ukse juurde, avas selle ja lahkus koos saatjatega.

Üks minut kiirabiauto tagaosas, siis valges toas. Riiulid ja raamatud olid samad, aga lõhn ei olnud. Enne ei olnud lõhna, aga nüüd oli see halb. Haisev. Vastik. Nagu pleegitusaine ja mädanenud munad.

Läbi seina astusid sisse kolm pealaest jalatallani musta riietatud naist. Juuste asemel olid neil maod. Ja veel rohkem madusid roomas nende käsivarte mööda üles ja alla. Nad lendasid tema poole. Nende nahkhiirelaadsed tiivad vastandusid ruumi puhtusele ja valgetele värvidele. Nende silmadest voolas veri, kui nad oma piitsaga tema suunas lehvitasid.

Ja nende hais oli talumatu.

„Ütle meile, mida me tahame teada," hõikasid fuuriad üheskoos.

„Ma ei tea, mida te minult küsite," ütles Rosalie nina kinni hoides.

WHIP.

Piitsakraaksatus karjatas nahka vana naise põsel. Kui ta nägu puudutas ja oma kätt vaatas, oli see verega kaetud.

„Tead," ütles Allie, samal ajal kui ta ja tema õed taas kord piitsaga vanema naise läheduses vehklesid.

„Ma ei tea, mida sa mõtled."

Raamaturiiul kukkus ümber. Kui poleks olnud kiirelt liikuvat redelit, oleks Rosalie selle alla surutud.

WHIP.

Ma unistan, mõtles Rosalie. Ma pean ärkama. Ma pean ärkama KOHE ja nende jubedate haisvate olendite eest ära minema.

Veel üks raamaturiiul kukkus.

Siis veel üks. Ja veel üks.

Varsti kukkus ka redel põrandale ja põrkas. Üks, kaks, kolm korda. Siis purunes tükkideks.

„Oh ei!" Rosalie hüüdis.

„Sa ütled meile armastust," nõudis Tisi, kui ta tõstis vanema naise maast üles, kui tema madu käed teda ümber mähkisid.

Rosalie jalad rippusid ebakindlalt. Samal ajal kui maod pinguldasid oma haaret tema ülakeha ümber.

„Ettevaatust, õde, ta saab veel südameinfarkti," kriiskas Meg Rosalie'le lähemale liikudes. „Anna meile seda, mida me tahame, armastus."

„Ma ei ütle teile midagi. Ükskõik, mida sa minuga teed," ütles Rosalie.

Ta oli nii vapper. Sest ta teadis, et ta ei ole üksi. Lia oli seal, kuulas.

„See on täielik ajaraiskamine," ütles Allie, kui ta saatis piitsa õhku ja lõi maha terve raamaturiiuli seina. Paar tiibadega raamatut võitlesid riiulite alt välja. Üks üritas oma ainsa allesjäänud tiibaga lennata.

Tisi pöördus kaugema seina poole ja pani raamatud põlema. Need kukkusid nagu doomino, vaese Rosalie peale, kes oli põlevate raamatute alla mattunud.

Fuuriad naersid valjusti ja uhkelt.

Rosalie hüüdis mõttes Lia nime. Kus sa oled Lia, küsis ta. Kus sa oled väike?

Tagasi kodus avas E-Z oma sülearvuti. „Okei, me oleme saanud selle üle magada. Kas me oleme kõik nõus, et meil ei ole muud valikut, kui võidelda Raevu vastu?“

Lia ja Alfred noogutasid.

„Ja me peame need teised lapsed kätte saama ja siia tooma. Meid on kolm ja neid on kolm. Lia, sa lähed Phoenixi - Little Dorrit võib sind viia või sa saad lennata lennukiga.“

„Ma eelistan Little Dorriti.“

„Okei, esimene laps on sorteeritud. Kuigi me ei tea tema nime ega seda, kus ta täpselt Phoenixis, Arizonas, on. Ja sa pead selle tema vanematega selgeks tegema. See ei ole lihtne, sest sa pead neile teada andma, millisesse ohtu nende laps satub.“

„Jah, ma pean Rosalie'lt rohkem üksikasju teada saama.“

„Alfred, sa võid minna Jaapanisse. Soovitan, et sa lendaksid - me peame logistika välja töötama. Sa pead koos lapsega tagasi lendama, mis eeldab, et tema vanemad annavad sulle loa. Jällegi, me vajame Rosalie'lt täpsustusi, kus laps on. Ja seal on keelebarjäär, kui te ei oska jaapani keelt?"

Alfred raputas pead.

„Ma hangin tõlgi."

„Me hangime sulle telefoni ja sa võid panna rakendust, mis teeks tõlkimise sinu eest. Õppimine on küll raske," ütles E-Z. „Eriti kuna sul pole sõrmi."

„Kõlab hästi," ütles Alfred. „Pean kohe telefoniga tööle hakkama. See ei tohiks kaua aega võtta, et sellest aru saada. Vahepeal võib Rosalie lapsele öelda, et ma olen luik - nii et nad ei kukuks mu esmakordsel nägemisel ümber ja ei minestaks."

„See on hea mõte," ütles Lia. „Aga kuidas sa kavatsed kirjutada?"

„Ma võin kasutada oma nokka."

„Või häälega aktiveeritud programmi," ütles E-Z.

„Lahe," ütlesid Lia ja Alfred ühehäälselt.

„Ja ma lendan Austraaliasse. Ma võtan koos lapsega lennuki tagasi, aga see on kiirem, kui ma lähen otse sinna. Oh, ja veel üks asi, me peame endale mõelda, milline lõksuuks on. Kuidagi, kuidas me välja pääseme - juhuks, kui üks või mitu meist jääb kinni või tapetakse või saab vigastada. Me peame olema kõigeks valmis. Kui me sureme enne, kui me selle asja lõpetame, siis ei jää kedagi, kes tükke üles korjab."

„Peainglid," torkas Lia ja jäi siis seisma. Ta värises, siis ei saanud ta enam hingata. Ta mähkis käed enda ümber.

„Kas sa oled korras?" E-Z küsis.

„Shhh," ütles ta. Toas ega tema peas ei kostnud ühtegi heli, valitses absoluutne ja täielik vaikus. Tema südame löögisagedus normaliseerus, nagu ka hingamine.

„Valehäire," ütles ta. „Ma arvasin, et midagi on valesti, nagu oleksin saanud SOS-i, aga nüüd tundub kõik korras olevat."

„Kas seda juhtub tihti?" Alfred uuris.

„Ei," ütles Lia.

„Okei, alustame ajurünnakut," ütles E-Z. Ja nad veetsid kogu ülejäänud päeva nimekirja koostades, nullides, mis võiks minna valesti ja mis võiks minna hästi.

Nad läksid oma tubadesse ja jäid magama.

See oli rahulik öö kõigile peale Rosalie.

Rosalie, kelle häält ei kuulnud.

Kelle häälele ei vastatud.

Abi ei saabunud.

Valge tuba oli hävitatud.

Keegi ei tulnud Rosalie't päästma.

Kurjade fuuriate eest.

Tänuavaldused

Lugupeetud lugejad,

Tänan teid, et lugesite kolmandat raamatut E-Z Dickensi sarjast... Mul on kahju kurva lõpu pärast, kuid mõnikord juhtub selliseid asju.

Viimane raamat on varsti saadaval!

Tänan veel kord kõiki inimesi, kes aitasid mul teha sellest sarjast kõik, mis see olla võiks, nagu näiteks minu beetalugejad, korrektuurilugejad ja toimetajad. Kudos!

Minu sõpradele ja perekonnale, aitäh teie julgustuse ja toetuse eest.

Ja nagu alati, head lugemist!

Cathy

Autorist

Cathy McGough elab ja kirjutab
Ontario, Kanada koos abikaasa, poja, kassi ja koeraga.

Samuti poolt

FIKTSIOON

NOORED TÄISKASVANUD

E-Z DICKENS SUPERKANGELANE NELJAS RAAMAT:

JÄÄL

www.ingramcontent.com/pod-product-compliance
Lightning Source LLC
Chambersburg PA
CBHW061347310726
48974CB00001B/228